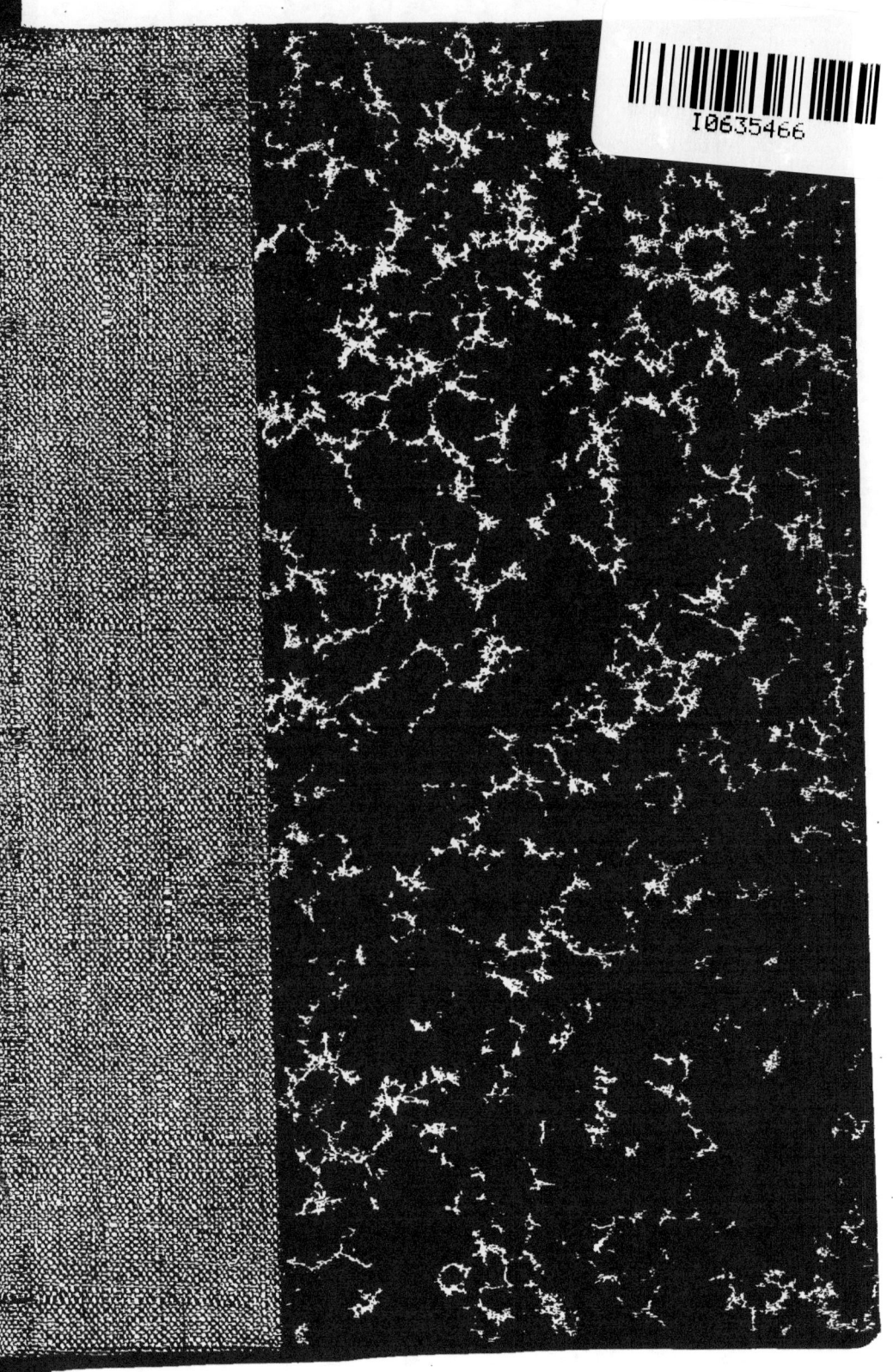

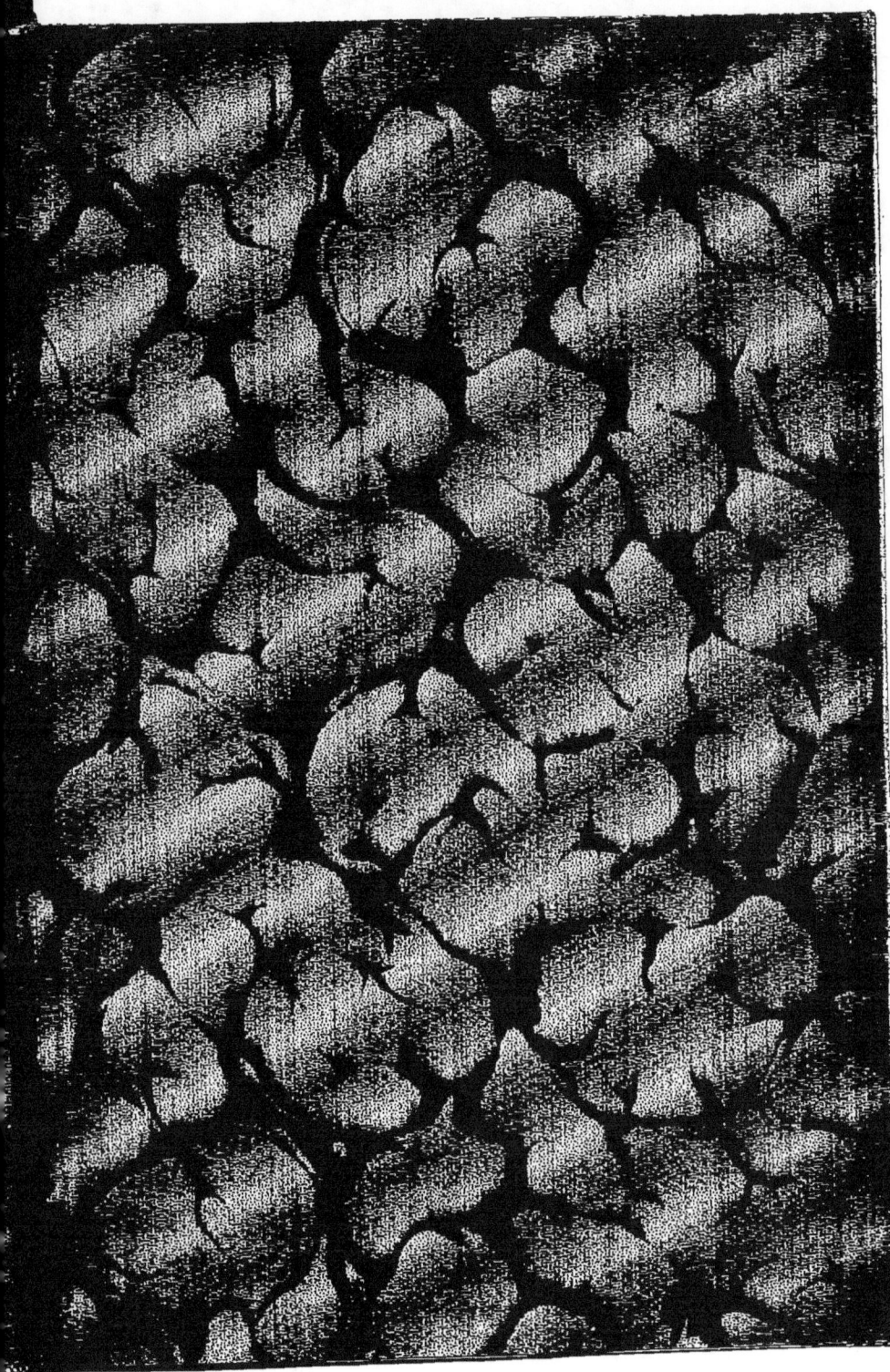

PRIX : **60** centimes.

LE ROBERT HALT

BATTU

PAR DES

DEMOISELLES

ris, E. FLAMMARION, Éditeur, rue Racine, 26.

BATTU

PAR

DES DEMOISELLES

ÉMILE COLIN, IMPRIMERIE DE LAGNY (S.-&-M.)

Mme ROBERT HALT

BATTU

PAR

DES DEMOISELLES

PARIS

ERNEST FLAMMARION, ÉDITEUR

26, RUE RACINE, PRÈS L'ODÉON

BATTU

PAR

DES DEMOISELLES

I

Dig, ding, don ! la cloche de l'église Saint-Cuthberg se mit en branle. Boum ! boum ! voilà le gros bourdon de Saint-John aussitôt de la partie ; puis les clameurs argentines de Saint-Peter et de Trinity s'ajoutèrent au concert ; c'était dimanche.

La ville, qui paraissait dormir comme
en pleine nuit, s'éveilla à l'instant ; les
gens, tirés à quatre épingles, livres
de prières en main, parurent sur les
portes et dans l'entre-bâillement des
volets de bois des boutiques.

— Allons, Rachel, ma chère, quoique ces cloches ne sonnent pas pour
nous, *dissenters*, qui n'avons pas le
droit d'agiter l'air ainsi, c'est l'heure
de la chapelle ! dit du seuil de son
salon Mme Levernot.

— Oui, ma tante, je viens ! répondit
de la pièce voisine une jeune voix.

La tante était une grosse petite dame
de quarante-cinq à cinquante ans,
fraîche presque comme à trente, d'air
tout aussi paisible et « confortable »

que le grand fauteuil où, dans le repos
sacré, elle attendait depuis son déjeuner, le moment du « culte. »

A l'entour, les larges meubles, le
tapis, les coussins rebondis, dans le
demi-jour que laissait passer le double
store, respiraient le bien-être, une
sorte de bien-être attendri, comme
s'ils eussent eu conscience de leur rôle
dans l'heureuse paix de la bonne dame.

Elle ramassa le livre de piété que,
dans un brusque sursaut, réveillée par
la grande sonnerie, elle avait laissé
couler à ses pieds, et rajusta sa coiffure ; c'était le bandeau de crêpe blanc
des veuves qu'elle n'avait jamais quitté,
bien que son mari, M. Levernot, un
Français de Boulogne, fût enterré de-

puis cinq ans ; mais sur ce front sans
ride et souriant, le bandeau n'avait
rien de funèbre ; on sentait qu'il abri-
tait un tranquille et douillet veuvage.

— Allons, Rachel ! répéta-t-elle.

Vivement entra Rachel, une jolie
jeune Française d'environ dix-huit ans,
brune, à l'air fin, en toilette d'indienne
Pompadour et chapeau crème à touffe
de pavots rouges :

— Me voici, ma tante. — Celle-ci
la regarda un instant : — Ne suis-je
pas bien ?

Le sourire de satisfaction de la
dame répondit en même temps que sa
bouche :

— Assez bien. Vous savez qu'il ne
vous est pas défendu de plaire?

— Plaire... à qui? Vous m'avez dit
qu'à B..., il n'y a pas de jeunes gens.

Mme Levernot se moucha :

— Oui, peut-être l'ai-je dit, répondit-elle en entrant dans sa chambre,
d'où elle revint aussitôt, son chapeau
sur la tête.

Et les deux dames sortirent d'Osborne villa. À la porte de l'allée de service, les bonnes les attendaient dans des
toilettes où le jaune, le violet, le rouge
se livraient grande bataille au soleil.

De la villa voisine sortait en même
temps une autre dame en bandeau de
veuve, accompagnée de trois jeunes
garçons de neuf à douze ans en culottes
courtes, bas marrons et souliers dé-
couverts.

Les deux veuves se saluèrent au passage.

— Les Hill, dit Mme Levernot, en se tournant vers sa nièce ; ils n'appartiennent pas à notre peuple ; ce sont des gens de l'Eglise, et même de la haute Eglise !

Elle prononça ces paroles d'un air très significatif, les lèvres dédaigneuses.

Rachel secoua vaguement la tête, en personne peu ferrée sur le plus ou moins de hauteur de l'Eglise dont on lui parlait.

— Mais ce sont de bonnes gens, malgré tout, reprit la dame pour corriger ce qu'il pouvait y avoir de trop cruel dans son premier jugement.

Elles traversèrent High street,

Gwyn street, d'où beaucoup de fidèles se rendaient en famille, les uns aux temples qui avaient des cloches, les autres à ceux qui n'en avaient pas. Sous un beau soleil de mai, les jambes étaient joyeuses et les faces aussi, mais d'une joie extrêmement correcte et convenable :

— J'aperçois là-bas les deux misses Gardner ; marchons, Rachel, que je vous présente ; celles-là sont de notre peuple !

La grosse dame s'essouffla en cherchant à rattraper deux demoiselles longues, raides, en robe blanche collante, qui arpentaient le terrain à pas de faucheux.

Mais, brusquement, l'une des deux

tressauta et s'arrêta en portant la main à son cou ; sur quoi l'autre, s'arrêtant de même, se mit à rajuster l'épingle de la cravate qui venait d'érafler et de rougir la peau blanche de sa sœur Sarah. Heureuse éraflure ! Mme Levernot put les rejoindre, les aborder.

Sarah et Winnie accueillirent l'étrangère avec de solides poignées de main et, se séparant, marchèrent, l'aînée à côté de la tante, la cadette avec Rachel.

— Voû n'avaî pas de fleueue? Ici, c'est le fashion ; voûl' vous faie vous même fashionable? dit Winnie à sa compagne pour lier conversation ; et, détachant un narcisse blanc posé sur son sein au milieu d'un gros bouquet de myosotis, elle l'offrit à la jeune Française, qui, gentiment, le plaça à son corsage.

On chantait à tue-tête le troisième verset du premier cantique, lorsque les quatre dames atteignirent le porche de la chapelle.

Sur le fronton, se lisaient ces lettres noires :

SAINT JOHN'S WESLEYAN CHAPEL

C'était un gros et lourd bâtiment carré, sans le moindre ornement.

A l'intérieur, une vaste pièce aux blanches murailles parfaitement nues. Des rangées de bancs la divisaient en trois parties, un centre assez spacieux et des bas-côtés assez étroits.

Mais, attention! dans les églises d'Angleterre, les bancs sont des sièges très perfectionnés, larges, fermés, de vraies loges. Et entre toutes brillent les loges des chapelles méthodistes.

Là, s'étale la gloire du confort : tapis, coussins, tabourets, cases pour les livres, toute l'instrumentation d'une piété sérieuse et bien assise.

Mme Levernot entra dans son banc à trois places, installa sa nièce, s'installa elle-même, et là, sur ses tapis, parmi ses livres, vis-à-vis la chaire, promena son regard sur la congrégation si nombreuse, si serrée qu'une épingle n'y fût pas tombée à terre, et elle rayonna de toute sa bonne face en tendre méthodiste qu'elle était.

Les misses Gardner déjà dans leur loge, à côté, à la gauche de leur père arrivé avant elles, chantaient.

Celui-ci, un ragot à museau de bouledogue, présentement adouci par la musique sacrée qui lui distendait la bouche jusqu'aux oreilles, que d'ailleurs il avait fort sourdes, leva, tout en chantant, son livre à la hauteur de Mme Levernot. Mme Levernot y regarda, ouvrit le sien à la même page et se lança dans le chant, de toute la vigueur et de tout l'entrain de sa voix, qui se perdit dans la puissante clameur des *ranters*, des « braillards », comme l'Eglise officielle appelle les méthodistes. Les murs tremblaient au bruit.

Mais les ténors manquaient : pas de

jeunes gens, ainsi que l'avait annoncé
Mme Levernot à sa nièce, ou si peu
que rien ; on en comptait là sept ou
huit à peine, le reste avait quitté cette
ville sans commerce et sans industrie
pour chercher fortune ailleurs.

En revanche, abondance d'hommes
mûrs, déplumés, et de garçonnets aux
beaux cheveux, comme si cette popula-
tion masculine passait sans transition
des longues boucles blondes à la cal-
vitie.

Le reste, pour le plus grand nombre,
se composait de chapeaux de jeunes
filles et de bandeaux de veuves en
crêpe blanc (1).

(1) B... est la ville des veuves ; elles y affluent
avec leurs enfants de tous les points de l'Angleterre,

Mlle Rachel, arrivée de la veille, et qui n'était ni veuve ni *ranter*, coula autour d'elle pendant le cantique un fin regard qui découvrit l'un après l'autre les sept ou huit oiseaux rares éparpillés. Ils étaient parfaitement insignifiants, sauf un.

Elle se détourna aussitôt, car celui-là regardait de son côté.

C'était un grand jeune homme d'environ vingt-cinq ans, joli comme un cœur, assez distingué, aux cheveux blonds, soyeux et ondés, et élégamment vêtu. Une abeille d'or attachait sa cravate; il portait à la boutonnière une branche de lilas blanc.

appelées par les riches écoles gratuites que fonda par testament sir William Harpur, au dernier siècle.

2

Au tapage du cantique qui s'enflait de plus en plus comme une mer montante, Rachel s'occupa ensuite de compter les demoiselles. Relativement à la disette des jeunes gens, elles étaient presque aussi nombreuses que les étoiles du firmament; toutes, suivant la coutume dominicale, portaient des fleurs au corsage comme les misses Gardner. Il lui sembla que bon nombre d'elles, tout en chantant, se tournaient un peu de temps à autre vers le jeune homme au lilas, comme s'il eût été désigné pour point convergent des sonorités.

Il chantait lui-même, d'ailleurs, la bouche très ronde, avec l'air satisfait du prince de l'endroit; devant lui, ceux

de son âge demeuraient noyés ; on ne
s'occupait pas de leur personne.
C'étaient de tout petits commis sans
importance, et, pour le reste de leur
malheur, tous laids.

Le culte achevé, les fidèles, en sor-
tant, se groupèrent sous le porche pour
échanger des poignées de main, entre
lesquelles Mme Levernot présenta sa
nièce, d'abord à M. Gardner, en lui
demandant des nouvelles de Mme Gardner, personne souffrante, puis à M. et
Mme Johnson, et miss Bell, leur fille,
petite brune en chapeau saumon clair
à plumes bleu tendre et lilas blanc.

Elle était jolie, d'air et de mouvements très décidés. Les yeux sur
Rachel, sans la moindre douceur, avec

une moue de provocation, elle lui demanda aussitôt combien de temps elle se proposait de passer en Angleterre.

— Sa mère me la donne pour quelques mois, répondit la tante; quoiqu'elle prononce l'anglais à la française, elle ne vous blessera point l'oreille, n'est-ce pas, Bell? vous serez son amie.

— Certainement, certainement!

Les parents répétèrent l'affirmation.

— Mais, reprit miss Johnson d'un air inquiétant, j'espère aussi qu'elle sera la mienne?

— Certainement, certainement, répondit Rachel, à peu près du même ton dont le mot avait été dit, et qui ne sonnait pas trop haut la sympathie.

— Madame Perkins! Effie! appela
en ce moment Mme Levernot.

Une jeune fille, de visage tendre et
mélancolique, et une dame grasse,
livide, le regard éteint sous des pau-
pières gonflées, se retournèrent. Et
miss Effie Perkins promit aussi d'être
l'amie de Rachel, mais d'un air si gêné
que la jeune Française se demanda ce
qu'allaient être ces amitiés anglaises
que sa tante sollicitait ainsi. Cependant
les yeux d'Effie, rayonnants de sincérité
dans leur pure lumière bleue, l'avaient
touchée.

Elle salua ensuite Annie Wood,
Grace et Polly Crawford, Priscilla
Jones et ses cinq petites sœurs : Nellie,

Ada, Edith, Madeline, Ellen, miss Kate
Winters et d'autres encore avec leurs
parents.

Sauf la mélancolique Effie, déjà
partie avec sa mère, toutes ces jeunes
filles ne bougeaient du porche.

A un pas dans le temple, la redingote bleue et le profil du joli garçon,
M. James Barker, s'entrevoyaient dans
un demi-jour doux. En compagnie de
Mme Barker, sa mère, il causait avec
le révérend Thomas Night, brave révérend tout roux, au gros visage naïf, et
c'était sans hâte, en bel oiseleur sûr
que les oiseaux qui gazouillaient là, dans
le porche, ne s'envoleraient pas de
sitôt. Enfin, il fit un demi-tour à droite,
et, suivi de Mme Barker, personne

majestueuse, apparut tout entier, l'œil brillant, le sourire à la bouche, avec une aisance supérieure.

Les caquetages s'arrêtèrent pour reprendre aussitôt, mais plus bas, tandis que Mme Levernot présentait sa nièce à la dame.

Il s'avança, fut charmant; en bon fils d'Albion qui ne manque pas l'occasion de prendre partout une petite leçon de langue étrangère, il parla français, quoiqu'il le fît très mal et que Rachel lui répondît en anglais. Il la regardait, très gracieux, avait l'air de se mirer en elle.

Cependant, à demi-voix, Mme Levernot apprenait à la maman que Rachel était orpheline de son père, que

sa belle-sœur, Mme Levernot, de Boulogne, la lui avait confiée pour quelque
temps ; rien ne valait la bonne éduca-
tion, l'excellente nature de cette charmante enfant !

— Seulement, ajouta-t-elle plus bas,
comme Boulogne et la France sont
encore très loin de John Wesley, je
brûle de convertir au méthodisme,
pendant son séjour ici, cette chère
petite.

— Amen, amen ! murmura gravement Mme Barker avec un gros soupir
plein de foi et d'espérance.

Elle était une des têtes du méthodisme de B..., et son unique fils, qu'elle
avait élevé, faisait un fameux joyau de
l'Eglise.

Après quelques paroles aimables échangées avec les personnes de l'assistance, James proposait à sa mère d'accompagner la tante et sa nièce, quand miss Bell Johnson, la petite brune à l'air résolu, l'arrêta en lui disant d'une voix légèrement frémissante et impérieuse :

— Vous avez laissé ce matin chez nous votre Cantique.

James ferma à demi les yeux.

— Ah! oui, répondit-il sans empressement.

— Au fait, ne vous dérangez pas, je vous le renverrai par la bonne.

Elle faisait un pas pour s'éloigner.

— Miss Johnson, dit-il, je vous demande pardon, attendez-moi. Mère,

permettez, j'ai affaire chez M. Johnson.

Gracieusement, il tendit son bras,
et Bell y suspendit le sien.

En passant, le joli jeune homme
lança du même coup à Mme Levernot
un sourire d'excuse, à Rachel un
regard de regret.

— « Ecoute, Israël, tu ne sacrifieras
pas aux dieux de la montagne ! » dit,
après deux pas, Bell, répétant le texte
du sermon que venait de prêcher le
révérend Thomas Night.

James la regarda comme s'il n'entendait pas bien l'accent de la petite
brune qui, outre le lilas blanc de son
chapeau, portait encore du lilas au
corsage, une branche toute pareille de

taille et de figure à celle qu'il avait lui-même à la boutonnière.

— Eh bien, monsieur Barker, reprit Bell, tenons-nous loin de cette montagne-là!

— Assurément, miss Johnson, assurément!

Ils s'en allaient au bruit des conversations du porche ému, le jeune homme marchant lentement, comme un peu traîné.

II

A sa rentrée chez elle, Mme Levernot trouva ce qu'elle y trouvait chaque
dimanche, depuis vingt-cinq ans : la
viande froide sur la table et les pommes
de terre chaudes, ces pommes de
terre-là étant le seul accroc au sabbat
qu'elle autorisât dans sa cuisine.

Tout en mangeant, elle entretint
chaleureusement sa nièce de la doc-
trine, et de John Bunyan, le grand

inspiré, né au prochain village, à
Elstow, l'auteur du fameux *Pilgrim's
Progress*, qu'il fallait lire, relire, et de
John Wesley, fondateur de la secte, et
du révérend Thomas Night, le meilleur
pasteur du district, et enfin de M. James
Barker, illustre en piété et en science :
M. James Barker gagnait déjà beaucoup chez le principal attorney de
la ville, et bientôt il deviendrait lui-
même un attorney plus considérable
encore, auquel accourraient sans faute
toutes les causes célèbres du comté,
sous la forme de rivière d'argent ; en
attendant, un jeune homme accompli.

Du coin de l'œil, elle regardait
Rachel qui, de bon appétit, mangeait
son bœuf froid et ses pommes de terre

chaudes, sans faire paraître d'émotion
au discours :

— Je vous le dis, Rachel, c'est un
gentleman des mieux doués et même un
saint !

La bonne dame avait évidemment
songé autant au joli méthodiste qu'à la
vertu du méthodisme lui-même en
mandant sa nièce auprès d'elle ; elle
voulait la convertir, et la marier à
M. James qu'elle eût épousé pour son
propre compte sans la vieille durée de
son veuvage, et que toutes les jeunes
personnes de B... se disputaient.

Chez les Anglaises dont les filles et
les nièces se marient toutes seules, la
passion de marier ne brille pas pourtant comme chez les Françaises.

Mme Levernot était Anglaise ; mais par son mariage avec un Français, l'oncle de Rachel, la France avec passé par là. D'ailleurs, la veuve s'ennuyait un peu. Enlever M. James aux plus jolies misses de la ville, c'était une si agréable distraction !

Après le repas, elle s'étendit sur une chaise-longue et s'endormit dominicalement, à l'habitude.

A l'habitude aussi, en se réveillant une heure après, elle prit les sermons de John Wesley, posés là sur un guéridon, et dès la neuvième ligne, se rendormit, puis s'éveilla encore, tenta de lire la dixième, ronfla sur la onzième et ne se retrouva qu'à quatre heures et demie, lorsque la servante apporta le thé tout servi sur un plateau.

Depuis longtemps Rachel était assise au jardin sous un ébénier en fleur, rêvant tour à tour et lisant, quand parut sa tante, le visage encore embarbouillé de sommeil :

— Que faites-vous là, ma chère ?

— Je lis.

— Depuis longtemps ?

— Il y a trois heures à peu près.

— Hum !... Et que lisez-vous ?

— *La famille de Germandre*, un roman.

— *La famille de Germ...* Un roman, le dimanche, là, sous les yeux du voisinage ! Vous ne savez donc pas que Mme Hill pouvait vous voir ! — Très émue, elle regarda à tous les étages

3

des maisons voisines : — C'eût été terrible! ma réputation était perdue. Ah! ciel, vous venez bien de France comme mon mari, un païen! Que je suis heureuse d'être Anglaise!... Un roman! Vous avez pourtant vu à quoi je m'occupais cette après-midi!

— Oui, ma tante, répondit finement la jeune fille avec un sourire.

— Je méditais sur les sermons de John Wesley, mademoiselle! Mais rompre ainsi le sabbat, oh! que je suis fâchée! Venez prendre le thé, vite! Nous manquerons l'office.

Les délicates rôties beurrées, les petites pousses de moutarde à la saveur fraîche et excitante, le thé, aromatisé à point d'écorce d'orange, tirè-

rent à peine Mme Levernot de sa ter-
reur que le méthodisme n'eût reçu ce
jour-là un grand coup par son fait.

Dans l'intention de réparer sa faute,
Rachel fut prête la première, le livre
de prières en main à la place du roman,
son chapeau en tête, et à son corsage
le narcisse du matin, complètement
épanoui et doucement odorant.

Au temple, dans les mêmes confor-
tables loges, la même assistance chanta
de nouveau avec la plus grande force,
entendit le prêche, rechanta ; mais les
yeux étaient à une autre affaire.

Le corsage de presque toutes les
jeunes misses avait rejeté les jacinthes,
les violettes, les roses matinales pour
s'orner de lilas blanc.

Or, ce soir, M. James Barker, à qui
s'adressait toute cette blancheur fleu-
rie, ne portait plus de lilas blanc ! Il
avait à la boutonnière un narcisse,
comme la Française, un beau narcisse
également épanoui et dont le cœur
sortait très nettement en avant de la
corolle, avec l'air de s'offrir.

Après l'office, des groupes se formè-
rent encore sous le péristyle de la chapelle.

M. James passa en compagnie de la
majestueuse Mme Barker, qui tenait de
la place avec sa robe et avec l'étalage
de sa fierté maternelle. Sa mine disait :

— Le voilà ! contemplez-le ; il est
unique ici, aimé du Seigneur et des
dames ; il gagne de l'argent ; il sera

attorney, il entrera au Parlement, puis
au ministère ! Maintenant, quoi que
fassent les demoiselles, il n'entend pas
se marier sans avoir une situation d'au
moins douze cents livres par an ; car
il est aussi prudent qu'aimable et beau ;
c'est mon fils !

Elle salua au passage la compagnie.
Le narcisse salua aussi, d'assez près
pour que les nez longs et courts pussent en sentir l'impertinent parfum.
Misses Gardner, miss Wood, misses
Grace et Polly Crawford, miss Jones,
miss Winters, toutes les belles qu'il
avait successivement lâchées dans sa
promenade à travers ce parterre, par-
vinrent peu ou prou à contenir leur
visage ; mais celui de Bell Johnson

frémit comme sous la morsure d'un serpent.

Dans sa loge, elle avait arraché, foulé aux pieds le lilas de son corsage : celui qui tremblotait à son chapeau aurait son tour tout à l'heure, à la maison ! Ah ! quel écrasement !

Cette fois elle ne prit pas la peine d'arrêter au passage le Don Juan, qui, après quelques jolis sourires à droite et à gauche, se mit à escorter la jeune Française et sa tante.

Les yeux de celle-ci pétillaient de satisfaction : le méthodiste galant était là, réduit en quelques heures ! Il ne connaissait pas l'affaire du roman ; personne ne la savait ; Mme Hill, les autres voisins, n'avaient rien vu ; et

l'amour entre la France et le Royaume-
Uni allait commencer !

A quelques pas d'Osborne villa, le
trio rencontra Effie Perkins.

— Elle était sortie du temple très
vite, la première, sans baguenauder
sous le porche ; après une commission
faite, elle rentrait chez elle. Son visage
tendre, un peu pâle, avait l'air d'un
de ces fruits délicats que ronge un
ver intérieur.

Lentement, elle leva, d'abord sur
Rachel, puis sur James, ses beaux
yeux au mélancolique regard, pendant
que Mme Levernot ouvrait la bouche
pour lui demander des nouvelles de sa
mère. Effie frémit imperceptiblement en
répondant que sa mère était indisposée.

— Elle l'est assez souvent, remarqua naïvement la dame ; on ne la voit pas toujours au culte.

Rachel, qui s'aperçut de l'embarras de la jeune fille, fit un signe à sa tante, et Effie s'en alla avec un soupir qui laissa le futur attorney aussi tranquille que devant. Ils étaient pourtant deux amis d'enfance.

— Miss Effie Perkins a l'air bien triste, lui dit Rachel.

— Sa mère est souvent malade, répondit-il.

Et il reprit le discours interrompu où il célébrait la grâce, la souplesse des Françaises, ainsi que son plaisir d'en voir une des plus souples, des plus gracieuses qui pussent se trouver tant ici que sur le continent!

Il parlait avec facilité une langue discrète et fine jusqu'à l'équivoque, avançant et reculant tour à tour selon la physionomie de celle à qui il adressait ses compliments. De temps en temps, du bout de ses gants violets il écartait une mèche de ses soyeux chéveux, qui refusait de rester en place. A sa boutonnière, le narcisse avançait et reculait aussi, s'épanouissant d'ailleurs de plus en plus; semblait ne plus tenir à la corolle que par un filament.

Rachel se sentait un peu émue quand, après le serrement de main de M. James, elle rentra à Osborne villa.

III

Et dès le lendemain, pour continuer
la fête, grand thé méthodiste chez les
Gardner, en son honneur !

L'invitation datait de trois jours,
avant son arrivée, sans quoi les misses
Gardner, après le narcisse scandaleux
de la veille, se fussent bien passées de
donner à Mme Levernot cette marque
de fraternité religieuse et de politesse
anglaise, si toutefois leur mère, ma-

lade, pour qui ses thés étaient une distraction, les eût laissées faire.

Ce fut une jolie réunion de teints éclatants de fraîcheur et de transparence, une fête de boucles blondes depuis les chauds reflets du cuivre rouge jusqu'à la teinte de l'or fin, groupées autour de la longue table chargée d'argenterie et de friandises. Les deux seules chevelures de Bell et de Rachel tranchaient là de tout leur noir.

De temps en temps, sans en avoir l'air, la brune Anglaise adressait un coup d'œil aigu, plein d'interrogation, à un nouveau narcisse qui brillait, celui-là, dans les cheveux de la Française.

James l'avait-il donné, comme déjà tant d'autres fleurs de toute sorte offertes de sa main, à elle-même, aux misses Gardner, à Priscilla Jones, à Kate Winters, à presque toutes les jeunes filles présentes ? Maintenant ces fleurs desséchées reposaient religieusement dans des médaillons, ou entre deux pages de Bible, tandis que les fleurs fraîches s'étalaient insolemment, de la façon la plus criante, la plus provocante, à la coiffure de l'étrangère ! Bell compta douloureusement ses compagnes sacrifiées comme elle ; il y en avait bien là une douzaine, sans parler de celles du dehors ; et la douzaine semblait avoir la même pensée qu'elle. Aussi le repas manquait de gaieté.

Deux hommes seulement à table, et qui, à en juger par leur mine paisible, ne se doutaient pas de l'état des esprits : M. Gardner, le bouledogue recueilli, sourd comme un pot et le révérend Thomas Night, assis à la droite de la valétudinaire madame Gardner, petite femme vieillotte, coiffée d'un casque de mousseline d'une hauteur extravagante, à la mode depuis peu. Son pâle visage respirait une timidité de brebis inquiète.

— Je croyais que vous attendiez notre ami James Barker, dit le vieux pasteur à sa voisine, en lui présentant sa grosse face naïve en même temps que des gâteaux.

—Nous l'attendions répondti après

un moment la dame avec un plaintif tremolo dans la voix. Sarah, ma chère, et vous, Winnie, êtes-vous sûres de n'avoir pas offensé de quelque façon M. James Barker ?

Car la pauvre madame Gardner ne s'expliquait jamais rien autrement que par les offenses qu'elle ou les siens avaient pu commettre envers les gens et les choses.

Mais déjà Bell Johnson poussait un rire court, brillant d'ironie et que répétèrent Winnie et Sarah, ainsi que le reste des blondes.

— Mère, dit de haut Sarah, James Barker aime à arriver en retard.

— Il prend le temps de se choisir une fleur pour sa boutonnière, ajouta Bell.

Le rire reprit. Rachel, sous son narcisse, se sentit rougir, et sa tante sourit
imperceptiblement à la théière qu'elle
avait en face d'elle.

Comme on arrivait au bout du repas,
et que, devant l'inquiétude de madame
Gardner d'avoir offensé ses hôtes en
leur offrant un thé qui aurait pu être
meilleur, Mme Levernot se déclarait
extrêmement satisfaite, louait le thé,
les buns, les cakes, la confiture
d'orange et les marmelades tout en
considérant, au fond, ces marmelades
comme fort au-dessous des siennes,
James Barker fit son entrée.

Les yeux des demoiselles coururent
à sa boutonnière. Pas de fleur! Leurs
visages sourirent, assez dépités,

Il s'excusa de son retard sur l'attorney qui l'avait retenu ; mais M. Gardner lui cria de sa voix de sourd, la main dans la main :.

— Vous êtes le bienvenu à toute heure, monsieur James !

Mme Gardner lui tendit aussi la main, ainsi que le brave révérend Thomas Night et Mme Levernot.

Sarah qui, l'an passé, s'était vue, avec sa sœur Winnie, abandonnée par le futur attorney, se leva aussitôt :

— Mère, si vous vouliez bien servir M. James, nous passerions au salon !

Les jeunes misses étaient debout, l'air ravi de l'impertinence.

La mère, dans sa crainte d'offenser le jeune homme, si elle disait oui, et

4

les jeunes filles, si elle disait non, jeta
sur l'assemblée un regard de détresse.

Mais déjà James avait ouvert la
porte du salon, et invitait les demoiselles à sortir par un geste si aimable,
si gracieux que Sarah et Bell, qui mar-
chaient les premières, pâlirent un peu
devant cette audacieuse sérénité.

Le salon était une vaste pièce plus
riche qu'élégante ; les sièges disparais-
saient sous des voiles de crochet sans
nombre, œuvre des doigts infatigables
des deux misses Gardner depuis quinze
ans.

On se groupa autour des albums, on
feuilleta de la musique ; Rachel, à qui
personne ne semblait faire attention,
gagna la fenêtre et regarda dans la

rue, mais l'oreille aux conversations qui s'échangeaient tout bas derrière elle et d'où se détacha bientôt la voix claire et tranchante de Bell Johnson :

— Il a de l'esprit... bon! il serait plaisant qu'il en manquât quand nous en avons! Mais il a d'abord un cœur diabolique, abominable, sans probité, sans délicatesse, sans consistance, sans rien! Voulez-vous son nom? C'est un coquet! entendez-vous bien, un monstrueux coquet, le dernier des hommes! Infiniment plus qu'à une femme de son caractère, il lui faut des hommages; il les cherche, très caressant; il tourne autour des jeunes filles, et dès qu'il les a charmées, il les plante là! Oh! le misérable, le détestable *flirt!*

Elle frappait sur un album ; son petit nez expressif se retroussait d'indignation.

— C'est peut-être un peu trop dire, remarqua hypocritement Sarah, pour lancer encore plus loin cette belle colère si bien partie.

— Allons, Sarah, reprit miss Johnson en haussant les épaules, vous n'allez pas le défendre ? Ce n'est pas un Anglais ! Jamais ce n'a été un cœur anglais...

— Et ce n'est pas un méthodiste ! ajouta la pâle Annie Wood ; sur le continent, je gage, sa religion ne tiendrait pas une heure.

— Non, pas une minute ! dirent plusieurs voix.

— Savez-vous ce qu'il fera ?...

— Dites-le, Bell, dites-le !

— Eh bien ! il fera comme les Français, il se mariera à quarante ou cinquante ans ou pas du tout...

— Ah ! ah !

— Il flirtera infernalement !... Mais
à partir d'aujourd'hui, il ne doit plus
y avoir une Anglaise assez folle ou
assez basse, ici ou dans le reste des
îles Britanniques...

— *Hear ! hear !*

— Pour se prendre encore à un
pareil homme ; nous le laissons aux
étrangères !

— *Hear ! hear !*

Comme si la déclaration manquait de
clarté, tous les yeux lancèrent un

regard du côté de la fenêtre où se
tenait Rachel, qui, patriotiquement, se
montra à la hauteur des circonstances,
et, l'air assuré, leva la tête.

La porte du salon s'ouvrit; quelques
instants s'écoulèrent, puis la chétive
maîtresse de maison parut, soutenue
par James; elle se traîna jusqu'à un
fauteuil où le jeune homme, avec une
bonne grâce incomparable et un respect tout filial, l'assit, la cala par trois
coussins.

— Je vous suis bien obligée, cher
monsieur Barker; que vous êtes
aimable! Dites-moi, le révérend
M. Night ne s'est pas offensé que j'aie
pris le bras du plus jeune?... Oh!
pardon, ne vous offensez pas vous-

même ! je serais désolée « qu'il y eût ici offense à cause de moi ! »

James la rassura en lui affirmant qu'évidemment le révérend Th. Night avait été enchanté de pouvoir causer un peu avec Mme Levernot du prochain meeting d'Hampstead.

Sur ces mots, il redressa tendrement un des coussins qui tombait et glissa un tabouret sous les pieds de la malade.

Bell Johnson, dans un coin, se mordait les lèvres de cette entrée touchante du misérable, soutenant, là, comme le meilleur des chrétiens, l'infirmité humaine.

Quelques yeux de myosotis et de pervenche s'attendrirent au spectacle. Quant à Mme Levernot qui entra là-

dessus avec un doux sourire, non certainement, elle ne s'était pas trompée !
et James Barker valait comme Anglais,
comme méthodiste, comme attorney,
comme fils, comme homme, beaucoup
plus encore qu'elle n'avait cru !

Et, devant lui, il y eut des trahisons
immédiates : Winnie et Sarah elles-
mêmes jouèrent vite, à sa prière, un
morceau à quatre mains, « le Ruis-
seau » ; leurs doigts clapotèrent longuement en cadence sur leur morceau
éternel ; celui dont elles berçaient la
société méthodiste depuis leur sortie
de pension.

James, extrêmement souriant, ne
manqua pas de leur faire, très haut,
le compliment d'usage, et elles allèrent

à leur mère, qui les appelait pour entendre les éloges que le révérend Th.
Night lui prodiguait sur l'admirable
talent de ses filles.

D'autres morceaux suivirent celui des
jeunes maîtresses de la maison, et les
compliments suivirent les morceaux.

Assise sur un tabouret dans un angle,
les mains croisées sur ses genoux, ses
yeux noirs dardant des jets de mauvaise
humeur, Bell Johnson ne bougeait
pas.

Le jeune homme alla à elle, et, avec
le respect le plus hardi, lui demanda
tout bas si elle ne voudrait pas chanter.

Elle lui fit répéter la prière, puis se
mit à rire.

Il insista :

— Votre merveilleuse voix de contralto, la plus belle de la chapelle
Saint-John, ne peut se refuser.

— Adressez-vous en face, à la de-
moiselle au narcisse blanc ; je ne chan-
terai qu'après elle ; allez !

Il obéit comme au souhait le plus
naturel du monde.

Tout en se dandinant, et en adres-
sant un mot, sur son passage, à la
plupart des jeunes filles, en homme qui
aujourd'hui prenait à tâche de regagner
tous les cœurs, il traversa le salon et
présenta sa requête à Rachel, logée au
bout avec sa tante et M. Gardner.

Rachel refusa d'abord, puis accepta,
par bon goût et aussi pour échapper
au sourd qui, ayant deviné de quoi il

s'agissait, criait à tue-tête qu'il brûlait
d'entendre « médemôsell ».

Elle avait un filet de voix doucement
acidulé comme un filet de jeune vin. Et
de cela Bell Johnson s'était certainement doutée. Mais comme Rachel chantait juste, sans prétention, et en français, les hommes et les deux vieilles
dames applaudirent en fredonnant à
leur manière la romance qui s'achevait : « Bois épais, redouble ton
ombre. »

Mme Levernot rayonnait. M. James,
au milieu des applaudissements, trouva
une seconde pour murmurer en passant devant Rachel :

— Français ! français ! goût ! goût !
Et prestement il se tourna vers Bell,

tandis que Mme Gardner, toute trem-
blante que celle-ci ne se sentît blessée
par le succès fait à une autre, disait :

— Bell, ma chère, à vous de nous
charmer ! de nous séduire, petite Bell !

Mais Bell ne se décidait point à
quitter son tabouret.

— L'Angleterre attend sa revanche,
dit James d'un air caressant.

Il arrondit le bras, comme elle se
levait ; mais sans prendre ce bras, elle
marcha au piano, et, après quelques
accords violents, commença d'une voix
large et vibrante de contralto « le Feu
follet » : de ses notes aiguës elle trans-
perça, de ses notes profondes elle en-
gloutit le mauvais génie, le diable in-
fâme qui séduit pour s'amuser et

entraîner à l'abîme ceux qui l'ont
suivi.

Puis, tête haute, avec une magni-
fique indifférence, au milieu des excla-
mations admiratives, elle regagna son
tabouret. Le sourd criait en applaudis-
sant à tout rompre. Sa femme, penchée
vers Mme Levernot, ouvrit la bouche
et la referma aussitôt sur son enthousiasme, par peur d'offenser la tante de
l'autre chanteuse.

Mais l'esprit de cette tante planait
fort au-dessus de la gloire du contralto :
la vraie, l'unique voix était celle de
Rachel, et la preuve s'en voyait bien
dans les yeux de M. James quand ils
regardaient vers elle ! L'imagination
de la bonne dame allait grand train ;

elle cueillait, elle emportait cette fleur
du méthodisme, mettait d'accord toutes
ces petites mijaurées qui se la disputaient depuis longtemps ; Rachel, sans
dot, conquérait deux belles places, l'une
sur la terre, l'autre au ciel de John
Wesley !

Elle trouva un instant pour demander
tout bas au jeune homme si, sans faute,
il irait au meeting d'Hampstead, dans
trois jours, grand meeting !

— Oui, j'irai !

Eh bien ! c'est là, que s'accompliront
les desseins de l'Eternel sur la maison
de sa servante ! se dit-elle en pieuse
Anglaise qui déborde de sa Bible.

D'autres voix se firent encore entendre : celles de miss Jones, de miss

Crawford, qui heureusement endormi-
rent un peu les esprits agités. Puis
Mme Gardner, condamnée à se coucher
à heure fixe, proposa au révérend
Thomas Night de faire la prière. Dans
les îles Britanniques, la religion est de
toutes les parties.

Il se leva, pria lentement, avec onc-
tion, et chacun se retira..

Sur la porte, comme James Barker
semblait hésiter entre divers groupes,
la terrible petite brune, vers qui un
moment il fit un pas, en fit un autre
de son côté, et lui dit à demi-voix,
d'un accent de juge :

— Pas de comédie ! On vous chasse ;
allez en France !

Elle tourna le dos.

Le beau James resta en place à se caresser la moustache :

Un pareil ton lui déplaisait ; il n'aimait pas la colère, la colère manquant de tenue. Bell eût exprimé son dépit d'une façon convenable, décente, il aurait été enchanté ; car, en vérité, pour un beau et fin gentleman qui, sans vouloir se marier de sitôt, flirte avec toutes les demoiselles de la création, rien n'est plus agréable que de soulever un peu de jalousie, de glorieuse poussière de batailles féminines autour de lui ; c'est là un doux passe-temps, une bonne excitation à continuer le jeu... le seul jeu permis dans une petite ville où le méthodisme et la respectabilité fleurissent. Mais de la passion !

du scandale ! la menace de se voir mis au séquestre par toute cette troupe charmante et amusante, oh non ! Et miss Bell Johnson manquait absolument de convenance ! Eh bien ! puisqu'elle déclarait la guerre, on guerroierait... Lui qui était pourtant venu à ce thé avec la bienveillante intention d'adoucir les âmes !...

— M. Barker est assurément invité au souper de M. Higgins, à Hampstead, après le meeting?

A ces mots qui frappèrent son oreille gauche, il sortit de sa rêverie et se retourna. C'était Mme Levernot qui parlait ainsi, d'une voix très engageante.

Auprès d'elle se dressait, dans sa

taille élancée, Mlle Rachel, en bur-
nous blanc, et brillante comme la lune
qui l'éclairait.

Très délibérément, il accompagna
ces dames jusqu'à la grille d'Osborne
villa, avec des compliments à Rachel
sur son bel art de chanteuse, et de vives
déclarations de sympathie pour la
France : oui, certainement il irait en
France un jour, et pas trop tard, en
cet admirable et véritable pays du
chant, de l'amour et de l'esprit! Oui,
oui, on l'y verrait!

A l'écouter parler ainsi, Mme Levernot ne se tenait pas de joie, et Rachel
ne semblait pas mécontente de marcher
lentement à cette musique sous les
tendres rayons de la lune.

IV

Elles partirent le lendemain pour Hampstead.

Le cottage des amis Higgins, où l'on descendit à l'arrivée, égayait le pré vert au milieu duquel il était bâti; et M. et Mme Higgins égayaient leur cottage.

C'étaient deux tout petits époux, très agréables, de même taille, de même bonne humeur, lui « prédicateur local »; c'est-à-dire laïque plein de zèle, desservant les villages et les hameaux trop peu importants pour avoir un pasteur; elle, juge de ses sermons qu'il lui déclamait au préalable, et son ombre dans ses courses saintes, toujours la première à profiter, pour son avancement spirituel, de toute la prédication déjà jugée au cottage.

Cela ne les empêchait ni de manger ni de boire en joie; leur face, large comme leur cœur, rayonnait de bonne conscience et de bon estomac.

Ils étaient le centre du meeting que les pasteurs du district tenaient chaque année pour aviver la foi et pour tendre le plateau aux shillings et couronnes en faveur des missions; ils régalaient les gros bonnets de la fête, comme doivent le faire les notables méthodistes en toute occasion de *missionary meeting*. Leurs soupers religieux étaient célèbres.

Cette année, Mme Higgins entendait bien se surpasser, écraser ainsi toute concurrence.

Elle accueillit avec des embrassements répétés sa vieille amie Mme Levernot qu'elle savait d'assez bon conseil en cuisine et en piété, et Rachel, qui, simple protestante française, devait être conquise à l'église Wesleyenne, comme le lui dit aussitôt à l'oreille la tante. Après quoi on courut à l'office pour admirer les provisions.

Des bandes de canards, de poulets

tout plumés, des aloyaux, des gigots
superbes gisaient là sur les rayons,
dans les cases, chacun chez soi et prêt
à tout. Mme Higgins appela l'attention de son amie du côté d'une vaste
terrine où un jambon énorme marinait
dans une saumure à l'odeur puissante,
dont la dame avait le secret.

Mme Levernot, après avoir attenti-
vement, de son nez aiguisé, flairé la
composition, déclara qu'il y manquait
un peu de girofle.

En rougissant, Mme Higgins se
pencha à son tour, flaira ferme, trempa
son doigt dans la sauce, le lécha :

— Voyez donc encore, ma chère,
vous avez dû vous tromper.

Mme Levernot aspira une seconde

fois, trempa, lécha aussi et maintint son dire.

Encore plus rouge, Mme Higgins garda le silence. Visiblement elle refoulait son amour-propre blessé, parfaitement sûre d'ailleurs de la perfection de sa saumure. Et sans plus, elle appela les yeux sur les larges paniers de fruits et de légumes, aux réjouissantes couleurs et aux senteurs fraîches.

Là, Mme Levernot admira de toute son âme et le girofle fut oublié.

Le thé pris, on se mit immédiatement à l'œuvre. De grands tabliers d'indienne ceignirent la forte rotondité des deux dames ; elles retroussèrent leurs manches, et bientôt, les mains enfarinées, elles discutaient gravement au-dessus des bassins, où chantaient les mélanges d'œufs, de farine, de saindoux, sans compter les cinquante ingrédients qui en devaient faire de merveilleux cakes à l'anis, au citron ou aux raisins.

Rachel, qu'on n'avait jugée digne que d'un emploi plus humble, épluchait les fruits, râpait la muscade, battait les crèmes, tandis que la vieille bonne Peggy, descendue au dernier degré de l'échelle, lavait les ustensiles, courait de ci, de là, aux ordres comme aux rapides contre-ordres :

— Peggy ! du citron, vivement ! Miséricorde ! Peggy, où allez-vous ? vite du charbon ! s'écria la petite mistress

Higgins, le visage plus flambant que le feu, devant le four ouvert ; le *seed-cake* est manqué ! le voilà qui fait plomb. Peggy, pourquoi laissez-vous toujours tomber ce feu ?

Peggy ne perdit pas le temps à dire que le feu se maintenait à point quand elle en avait la direction ; le succès du gâteau lui importait plus que sa réputation. Elle revint au galop avec un énorme seau de charbon ; en moins de rien le feu fut à son devoir et le *seed-cake*, qui n'avait pas mauvais caractère, sortit du four, parfait en couleur et en parfum.

Et à présent les viandes ! Et puis les pâtés !

Ainsi se passa la journée, et le soir

les quatre ouvrières se régalèrent du plus beau des spectacles : les poulets, les canards, passés de l'état préparatoire de cadavres à celui de victuailles très vivantes, très appétissantes, brillaient dorés dans leur gelée d'ambre ; les aloyaux, les jambonneaux brillaient aussi dans une graisse à peine refroidie ; les pâtisseries mêlaient leurs senteurs à celles des viandes ; les légumes s'étalaient en jolies petites collines ; enfin, de quoi appeler du dernier bout du district les plus tièdes des fidèles.

On envoya chercher M. Higgins qu'on n'avait vu de tout le jour.

Il arriva, regarda avec un gros rire de satisfaction en se frottant les mains.

Il venait de travailler vigoureusement, de son côté, à un ragoût spirituel composé de bonnes phrases prises à John Wesley et à d'autres maîtres méthodistes, comme il le faisait à l'ordinaire pour les besoins de sa prédication locale.

La toilette faite, on soupa. A table, Mme Levernot annonça en bloc l'arrivée d'une bonne partie du troupeau de B..., et en particulier celle de M. James Barker.

M. Higgins le connaissait pour un excellent jeune homme de son peuple, et Mme Higgins comme un joli aimant à attirer les demoiselles ; elle l'avait invité, et serait enchantée de le voir.

— C'est, dit Mme Levernot, pendant que Rachel détournait les yeux de l'air le plus indifférent, c'est une des futures colonnes de l'Eglise et de la société.

— Heureux qui n'habite pas les tentes de l'impiété ! soupirèrent les deux époux.

Le repas achevé et le couvert desservi, M. Higgins sonna :

— Peggy !

Peggy alla à une console, en tira des bibles qu'elle distribua.

Tout un long chapitre y passa aussitôt, chacun, même Peggy, lisant son verset à la ronde. La prière suivit ; après quoi on retomba sur terre en face d'un plateau chargé de verres,

d'un flacon de whisky et d'une bouil-
lotte d'eau chaude par lesquels Peggy
remplaça les livres sacrés.

Alors M. Higgins, la main au flacon,
poussa un gros rire prolongé et demanda :

— Mademoiselle Levernot, mettez-
vous des bonnets de nuit? — Il continua de rire de plus en plus fort, la face
congestionnée : — Nous autres Anglais, nous nous munissons de bonnets de nuit contre l'humidité.

Cependant, il versait le whisky,
l'eau chaude, composait quatre grogs
fumants, odorants ; Mme Higgins, qui
depuis un quart de siècle entendait
presque tous les soirs cette plaisanterie, s'était mise à rire d'une façon aussi

si folâtre que Mme Levernot et Rachel
en firent autant.

— Vous voyez, mademoiselle, reprit le petit M. Higgins, avec une in-
sinuation encore plus grosse que lui et
que sa gaieté, vous voyez, mademoiselle, que le méthodisme n'est pas mélancolique !

Rachel ne dit pas non ; les deux
dames, l'air attentif à son visage, re-
devinrent graves, et, les verres épui-
sés, on alla se coucher, en « bonnet de
nuit. »

Mais, une fois dans sa chambre, la
jeune fille, au lieu de dormir, se mit à
la fenêtre, les yeux sur les étoiles. Elle
resta là assez longtemps, sans bouger,
puis murmura :

— Non, non, je l'espère bien, James Barker n'est pas l'effroyable coquet que l'on dit!

Le lendemain, le grand jour, il n'y avait plus qu'à mettre la table d'une façon solennelle. Rachel fut chargée de ce soin. Les cristaux, l'argenterie, le linge fin et des jonchées de fleurs sous la main, elle se mit à la composition de l'œuvre.

Vers la fin de l'après-midi, les choses à peu près en place, elle prit la reculée jusqu'à la porte pour juger de l'effet. Sous un large rayon de soleil, les cristaux, l'argenterie, les fleurs étincelaient comme pour faire admirer le joli travail.

Tout à coup, par la porte entr'ouverte, une voix connue se fit entendre :

— Français ! Français ! Goût ! Goût !

Le compliment enthousiaste de l'avant-veille.

Rachel étouffa un petit cri, et James Barker entra.

Il était plus élégant que jamais, en fin veston collant aux hanches, en linge éblouissant et bottes fines ; la chevelure, irréprochable, exhalait une légère odeur de réséda. Il présenta à la jeune fille un de ces bouquets de fleurs de Nice qui arrivent tous les jours en Angleterre et s'y vendent à des prix fous.

— Je suis venu de bonne heure, dit-il, pour vous aider à mettre le couvert.

Après un instant, elle répondit, rougissante, en riant :

— Il est mis... sauf les serviettes... Savez-vous plier les serviettes, monsieur ?

Il en prit une et la plia tout de travers.

Alors elle lui donna une leçon de pliage qu'il prolongea par des maladresses très bien trouvées, fort gracieuses ; et de temps en temps lui effleurant les mains comme par mégarde.

C'est là que les deux dames, le petit M. Higgins et Peggy, qui venaient en procession juger du couvert, les surprirent :

— M. James !

— Tombé du ciel ?

Il montra la porte d'entrée, ouverte chrétiennement ce jour-là à cause de la fête.

Mme Higgins et Mme Levernot échangèrent un coup d'œil qui témoignait que celle-ci avait parlé à l'autre de sa belle espérance. D'un accent chaleureux, la tante présenta ce beau soldat d'Israël, cette rose de Sâron. Avec autant de vigueur que de considération, le « prédicateur local » et sa femme serrèrent la main du prodige. Et les serviettes une fois pliées suivant les formes, les dames allèrent s'habiller pour le meeting :

— Ah ! ma chère, disait joyeusement Mme Higgins en montant

l'escalier des chambres, cette hâte de M. Barker à arriver, hein ? Et ce bouquet de Nice qu'il a apporté ! Le garçon est pris ; mes félicitations. Le joli mariage ! Et la bonne acquisition pour nous que celle de cette charmante enfant !

— Ma chère, je ne l'ai appelée en Angleterre que pour cela. Je n'aurais pas souffert qu'elle se mariât en France, en pays d'irréligion !... — Mme Levernot clignait vivement des yeux : — Et si un jour, grâce à nous, Rachel pouvait sauver sa patrie, la rendre méthodiste !

— Oui, ma belle, s'écria la petite Mme Higgins en lui saisissant le bras, la lumière arrivera d'ici aux Français !

l'Angleterre est la première nation du monde, son peuple est béni !...

Cependant le soleil descendait à l'horizon, dorant la verdoyante plaine, les piétons, les gigs, les carts, les véhicules de toute sorte qui se suivaient sur la large route d'Hampstead.

On arriva, chevaux et gens. Une bonne partie de la colonie de B... était là ; en tête M. Gardner avec sa fille aînée, Sarah, l'autre, Winnie, étant restée auprès de sa mère; puis les Jones, les Crawford, les Wood, et, au milieu, comme une fleur brune dans un champ de blé, Bell Johnson dont le voyage semblait avoir encore chauffé le teint et les yeux. Ils brillaient d'une sombre lumière tout en

cherchant par moments autour d'elle
et dans le lointain, quelqu'un qui ne
paraissait pas.

Derrière, assez loin et à l'écart, la
mélancolique Effie au bras de sa mère
qu'elle avait l'air de soutenir, bien
que Mme Perkins allât d'un pas ferme,
la tête hautaine comme si elle eût
voulu éloigner les gens de sa route.
De temps en temps, de sourdes excla-
mations s'échappaient de ses lèvres,
et sa fille se pressait alors contre elle
avec de douces paroles.

La troupe passa devant le cottage
Higgins d'où sortaient en ce moment
les deux dames en grande tenue, sui-
vies du petit M. Higgins tout pimpant,
tout frétillant dans la blancheur de

son linge et le brillant d'une redingote neuve. Derrière lui, Rachel au
bras de James Barker.

Voilà celui que cherchaient les
sombres yeux de Bell Johnson et que,
les premiers, ils aperçurent !

Le regard à la fois méprisant et mo-
queur qu'ils lui adressèrent fut reçu
avec un sourire de victoire ; le visage
de James chanta la joie de son cœur
à se trouver devant cette petite ré-
voltée dans la glorieuse situation présente.

Avec une grâce frisant l'impertinence, il salua Bell et Sarah qui avait
pâli en l'apercevant, et les autres
misses également un peu troublées,
dont quelques-unes essayaient de sou-

rire, se parlant entre elles agilement, à demi-voix.

On s'aborda avec des politesses et des présentations, James tenant toujours rivée à son bras Rachel, qui, dans sa robe claire, avec le bouquet de Nice arboré au corsage, n'avait pas du tout mauvaise mine, et souriait à l'ennémi.

Les Higgins invitèrent la compagnie à souper, pendant que Mme Levernot courait à Mme Perkins qu'elle venait d'apercevoir, et qui, malgré la précipitation de sa marche, ne put l'éviter.

— Quel plaisir de vous voir en bonne santé et voyageant ainsi pour édifier le prochain !

— Oui, dit Effie, maman va mieux.

— Et elle ira mieux encore après le meeting, sachez-le ! dit à son tour la blafarde Mme Perkins, avec force, comme si on doutait d'elle ; oui, oui, elle ira mieux !

— Et moi aussi, je ne m'en trouverai pas plus mal, répondit naïvement d'un air fervent Mme Levernot.

Elle avait fait signe aux Higgins qui arrivaient, et qui, au bout des présentations, invitèrent à souper la mère et la fille.

Mme Perkins refusa.

— Effie, priez votre mère, joignez-vous à nous ! dit Mme Levernot.

Effie adressa quelques mots à sa mère ; les Higgins devinrent plus pressants. Enfin, elle dit oui avec la

sombre énergie de qui accepterait une
grosse provocation.

De tous côtés on marchait vers la
chapelle. Elle était transforméé en
salle de meeting.

Au fond se dressait une estrade sur
laquelle prirent place les membres du
comité, tous les personnages ayant
quelque part à l'administration de
l'église d'Hampstead et les notables
étrangers : M. Crawford qui pré-
sidait ; M. James Barker qui vice-pré-
sidait ; M. Gardner, M. Johnson,
M. Pickle, le fermier Hugh Hoggs et
trois honnêtes et rudes figures repré-
sentant le village. Là aussi s'assirent
les « divins » comme l'Angleterre appelle ses prêtres : le révérend Thomas

Night et le rapporteur du comité, le
jeune et beau révérend Wesley Wardle
à la longue chevelure blonde, au pur
visage, et dont les yeux bleu cendré
s'ouvraient de temps en temps avec
un jet de mystique flamme.

Le calme fait, il s'avança sur le bord
de l'estrade, et après avoir promené
ses beaux yeux sur l'assemblée :

— Chers amis ! dit-il, ouvrons le
meeting par un chant. Nous chante-
rons à la page 125, cantique 210, le
verset : « Les païens te célébreront »,
et les quatre versets suivants...

Ici M. Higgins, qui était à deux
chaises de lui, allongea le bras, toucha
le « divin », puis se dressant de toute
sa petite taille :

— Mes amis ! cria-t-il, nous ne sommes pas encore assez riches à Hampstead pour avoir un harmonium ; donc nous nous souviendrons, si vous voulez, que nous sommes les fils des Ranters !

— *Hear ! hear !*

D'une voix de taureau, il entonna le cantique, que l'assemblée reprit de tous ses poumons.

Le beau Wesley Wardle lut ensuite le rapport sur les travaux d'évangélisation accomplis à l'étranger par la Société des missions méthodistes, beaux travaux qui furent accueillis joyeusement. Il s'achevait ainsi :

« Les succès du méthodisme grandissent donc, et le jour approche où

le nom du vrai Dieu sera célébré par
les peuples de toute langue. Et l'année
ne s'achèvera pas sans que nous ayons
posé la première pierre d'une chapelle
à Rome même ! »

Une chapelle wesleyenne à Rome !

Un murmure de triomphe s'éleva de
l'assemblée, confus d'abord, puis écla-
tant en hosannahs :

— Gloire à toi, Seigneur !

— Amen ! amen !

— Mon âme, bénis l'Eternel !

— Amen ! amen ! amen !

Tout à coup, changeant de ton, et
comme accablé sous le poids d'une horrible pensée, le mystique Wardle laissa
tomber sur la table le victorieux rapport ; et le visage pâle, les traits agi-

tés, promena sur la foule un regard de désespoir :

— Nous triomphons ! oui, nous dressons la chaire de vérité au cœur même de l'idolâtrie ! nous allons, au prix de notre or, au péril de nos vies, sur les continents, au delà des mers et dans les îles lointaines, nous allons... à Rome ! chercher les brebis égarées du troupeau d'Israël, Satan lui-même... et, peut-être, le péché, dans sa noirceur, est assis à notre propre foyer !... Oh ! frères ! oh ! sœurs ! vous qui appelez les autres au salut, êtes-vous sauvés ? L'ardent sentiment de notre culpabilité, la joie exultante de notre salut, cette double pierre angulaire du méthodisme, avez-vous bâti dessus ? Ré-

pondez! vous appuyez-vous sur le roc
séculaire! Ah! si votre iniquité s'élève
au-dessus de votre tête comme une
montagne pour vous écraser, mes frères, mes sœurs, venez! — De son bras
tendu à soulever cette montagne, il
montrait le ciel : — Venez, venez!
Christ reçoit les pécheurs, la robe
d'innocence est prête, le banquet de la
grâce vous attend!

Sa voix entraînante vibrait, comme
toute sa personne, de l'exaltation in-
térieure; ses yeux profonds dardaient
les flammes de l'Esprit; il continua
quelque temps, tour à tour avec des
cris et des supplications.

Alors les gémissements des damnés
de l'auditoire s'élevèrent; on se frap-

pait le cœur ; les larmes coulaient, avec
des paroles, des textes appropriés,
selon l'usage méthodiste, à l'état de
l'âme :

— Aie pitié, Eternel, je suis sans
aucune force !

— Je m'assoirai au banquet des
justes !

— Seigneur, fais luire ta face !

— Mon âme célébrera ta miséricorde ! ô Dieu !

Mais les bras au ciel, le visage plein
d'épouvante, Mme Perkins, dans des
spasmes étouffants, hoquetait :

— Les corbeaux de la mort m'en-
serrent ; mes os sont rompus !... Re-
tirez-vous tous, car ceci est souillé !...
Et, Seigneur, je t'ai fait connaître mon

péché !... Eternel, jusques à quand ?...
dis, n'auras-tu donc pas enfin pitié de
mon âme ?

Effie doucement lui touchait le bras,
très émue elle-même :

— Mère, mère ! vous avez entendu :
Christ reçoit les pécheurs.

A quelques pas de l'orateur, la brune
Bell Johnson pleurait aussi, mais des
larmes de surprise et d'admiration.
Jamais, en vérité, elle n'avait entendu
pareille éloquence, ni vu plus beau
« divin ». D'où sortait-il ? Un moment
ses yeux se tournèrent vers James
Barker, et, très perçants, parurent
prendre sa mesure morale et sa mesure
physique pour les comparer à celles de
Wesley Wardle :

— Moi aussi, j'ai péché, murmura-
t-elle.

Le jeune pasteur s'était rassis, tout
pâle; l'estrade entière debout lui pressait les mains. Le vénérable Th. Night
qui, le premier, les yeux mouillés, avait
félicité son jeune frère, demanda ensuite le silence, et de sa voix pater-
nelle annonça que le plateau allait tra-
verser les rangs et que l'œuvre des
Missions attendait que les porte-mon-
naie s'ouvrissent à fond.

Le plateau passa, porté par le petit
M. Higgins, trésorier d'Hampstead;
et ce trésorier, pendant la quête, ne
cessa de sourire de toute sa large
bouche à une belle pluie de shillings,
de demi-couronnes, de couronnes et

même de souverains. Il paraissait n'a-
voir jamais vu pareille recette, quoique
les quêtes méthodistes soient en Angleterre les plus nombreuses et les plus
abondantes de toutes les Eglises : Le
révérend Wesley Wardle, pasteur d'un
bourg perdu dans le nord du district,
était décidément un grand « divin », à
ne pas perdre de vue.

Le meeting terminé, les fidèles se
séparèrent en groupes à la porte de
la chapelle.

Vers le cottage marchèrent les in-
vités de M. Higgins, étrangers et in-
digènes, mais tous gens respectables
d'une Eglise qui ne l'est pas, du moins
aux yeux de l'aristocratique Eglise officielle, très hautaine aux plébéiens de

John Wesley, qui enflamma les pauvres.

Et en Angleterre, il faut être à ce point respectable que, grâce à son mépris, l'Eglise établie voit revenir à elle, chaque année, bon nombre de parvenus de cette secte Wesleyenne; ceux-ci, une fois millionnaires, se défaisant vite de leur foi enthousiaste, de leurs « braillardises », de leur égarement et de leur bonhomie pour prendre rang dans le monde de l'archi-respectabilité.

Mme Higgins, au milieu de sa troupe de fidèles, tous artisans, petits marchands ou petits rentiers, eut un geste d'orgueil à la vue de la splendeur de sa table.

De haut elle montra le bout de droite

à la jeunesse, qui s'y plaça avec quelque agitation, le cœur plus ému que l'estomac, et le reste à la partie vénérable de la société.

Le brouhaha des chaises apaisé, il y eut un chuchotement entre l'hôte et l'hôtesse à travers la table, puis entre l'hôtesse et le révérend Thomas Night à sa droite, le plus âgé des pasteurs, qui se leva ; et toute l'assemblée avec lui.

Il adressa d'avance des remerciements au Seigneur pour les festins célestes qui devaient suivre un jour les bons repas terrestres de son fidèle peuple d'Angleterre.

Conduites par celle de M. Higgins, toutes les voix répétèrent en chantant

cette espérance du révérend Thomas
Night, et on se rassit.

Alors les pâtés, les volailles, les gigots, les roatsbeefs et l'énorme jambon
se succédèrent sans relâche sur la
nappe et sur les assiettes ; du jambon
notamment il ne resta que l'os parfaitement décharné en son lit de persil,
ce qui acheva d'enchanter Mme Higgins : donc elle avait eu raison de s'en
tenir à sa propre marinade sans y
ajouter le girofle de Mme Levernot !
Celle-ci, gracieusement, du reste, le
lui fit remarquer.

A la fin, les estomacs se calmèrent.
Le révérend Th. Night, épanoui, la
tête doucement renversée, regardait
vers l'autre bout de la table, du côté de

la jeunesse. Il étendit sa large main avec un geste de bénédiction, et dit patriarcalement :

— Regardez-les ! ne sont-ils pas là comme un beau plant d'oliviers ou comme une vigne bien plantée? L'olivier donnera son huile et la vigne son vin.

Cependant Rachel et Bell, en face l'une de l'autre, l'œil sur l'œil, attentives, ressemblaient plutôt à deux brandons flambants qu'au doux arbre de la paix, et les misses Gardner, Crawford, Wood et les trois Jones à des buissons d'épine qu'à de jeunes vignes qui vont donner du vin.

Seule, Effie Perkins, dans sa touchante mélancolie, paraissait loin de

la question; ses regards inquiets ne
s'occupaient que de sa mère, placée à
quelques chaises d'elle auprès du fermier Hoggs, qui buvait à plein gobelet
la bière mousseuse. Mais vainement,
en souriant de tout son rouge visage,
il en offrait à sa voisine. Mme Perkins,
écartant son verre d'un geste brusque,
répondait presque durement :

— Je suis teetotaller (1)!

Et tout en buvant de l'eau, elle se
tournait légèrement tantôt vers le
jeune pasteur Wardle, à sa gauche,
et tantôt vers sa fille.

Effie était assise auprès de Rachel,
qui la traitait sympathiquement, pendant le temps que lui laissaient les ga-

(1) Membre d'une société de tempérance.

lanteries de James Barker, placé à sa
droite, et l'hostilité de Bell Johnson
et des autres Anglaises que les atten-
tions des jeunes fermiers d'Hampstead
ne parvenaient pas à distraire entièrement de leur grand souci du gentil et
misérable James.

Les yeux du terrible coquet rayon-
naient ; plus que d'ale, de porter ou
de stout, il buvait délicieusement la
jalousie de toute cette jolie bande : on
l'avait envoyé en France, eh bien, il y
était ! Et la France, tout à fait charmante, semblait heureuse de la visite !
Elle avait de beaux yeux, de merveilleuses petites dents pures comme des
perles, de riantes fossettes aux joues,
et probablement un cœur inflammable :

Ah! par exemple, qu'il s'enflammât,
on retournerait en Angleterre, parce
que, en vérité, le jeu ne pouvait aller
loin de la part d'un homme comme lui
qui voulait tout uniment avoir à ses
pieds le monde entier des jeunes filles,
mais sans s'émouvoir, et surtout sans
épouser avant d'être attorney, riche à
point et membre des Communes!

A cette époque encore éloignée, le
cher James, toujours beau, trouverait
certainement chaussure à son pied,
c'est-à-dire une lady de haute volée.
En attendant, distrayons-nous! obéis-
sons à notre nature aimable et aimée,
brouillons tout aux alentours et regar-
dons avec calme furibondre les demoiselles!

Mais comme on se levait de table, il vit Sarah Gardner et Priscilla Jones se diriger vers le fermier Hoggs, point trop laid garçon, et il s'empressa de leur couper la route par quelques compliments que, lâchement, elles ne prirent pas fort mal. Il en adressa même à Effie, la seule qu'il n'eût jamais courtisée, sans s'apercevoir que celle-ci allait, non au fermier, mais à sa mère placée à côté. A cette attention, Effie répondit par une rougeur, un balbutiement qu'il ne remarqua guère, tout occupé à l'instant même de Bell Johnson qui, là-bas, se rapprochait du beau pasteur aux lèvres touchées du charbon ardent.

Bell l'aborda ; celui-ci se mit à causer

avec elle d'un air chaleureusement gracieux. Sa longue chevelure de jeune
clergyman brillait sous la lumière des
lampes, ses mains blanches se cares-
saient l'une l'autre avec quelque embarras. Comme il s'échauffait à parler,
la jeune fille eut un air très marqué
d'admiration sympathique.

Tout cela blessa James. Il ne voulait pas d'une pareille arme de Bell
contre lui, surtout dans le mépris qu'il
faisait d'elle depuis huit jours. Avec
un peu de hauteur, il aborda le révérend Wardle et le complimenta sur son
discours.

— Vous aurez encore le plaisir d'en
entendre plusieurs de la même force,
dit Bell d'un accent très fin; mister

Wardle vient à B... pour quelque temps
remplacer le révérend Williams qui
est malade.

On se préparait au départ ; les gigs,
les dogcarts, les autres voitures
s'amassaient sur la place d'Hampstead. De vigoureuses poignées de
mains s'échangèrent.

Les Higgins, sur leur porte, saluèrent leurs hôtes ; tous s'en allaient, sauf
Rachel et sa tante qui devaient rester
encore quelques jours.

Très tendrement James pressa la
main de la jeune fille qui, émue, répondit à la pression, n'ayant vu que du
feu aux derniers mouvements de cet
intrépide flirteur.

Il s'éloigna vite pour rattraper le

« divin » menaçant, qu'il emmena dans sa voiture : — Et courez après lui, Bell, Sarah, Priscilla !

— Laissez-moi vous embrasser, ma chère, disait pendant ce temps Mme Higgins à Mme Levernot.

— Je vous en prie, ma chère !

Ses yeux étaient attendris.

— Si Rachel et James ne sont pas fiancés, de quoi s'en faut-il donc ?

— Oh! que je suis heureuse! Elle sera « bénie, la jeune épouse, dans la maison de l'Eternel! »

— Elle le sera à coup sûr !

V

Six jours après, la tante et la nièce
rentraient à B..., toutes deux extrêmement émues. Rachel avait naïvement laissé voir son amour naissant
aux Higgins, qui lui souhaitèrent tous
les bonheurs de la création, sans
compter celui de la foi méthodiste
qu'elle allait nécessairement goûter
au plus tôt. Mme Higgins lui dit en

avançant son pied dodu et le large
soulier qui le chaussait :

— Tenez! c'est celui-là que je jet-
terai derrière votre voiture de mariée.

Une fois à Osborne villa, on attendit
la visite de James, et en jolie tenue
dès le matin.

On attendit trois jours.

Le soir du troisième, avec assez
d'inquiétude, on alla à « la prière. »
Il y était !

A leur passage il leva la tête, mais
en homme fort absorbé, qui regarde
sans voir.

— Frère James Barker, voulez-vous
prier ? dit à ce moment le pasteur.

Frère James pria tout haut, de toute
son âme, de toute la rondeur de sa

bouche; et quand il eut fini et que la prière fut déférée à un autre, il quitta la chapelle sans bruit, à pas de voleur.

Les deux dames, sous le porche, saluèrent leurs connaissances, puis s'en allèrent en parlant longuement de la pluie qui tombait, ni l'une ni l'autre n'osant aborder la grande question.

La première, cependant, Mme Levernot, en arrivant chez elle, dit après avoir posé son parapluie dans un coin :

— James Barker n'a jamais quitté la prière avant la fin. Il devait avoir un travail de nuit chez son attorney.

— Probablement, soupira Rachel.

Deux jours encore, et James Barker ne se présenta pas : maintenant, pourtant, il savait leur retour!

8

Elle pleura devant sa tante qui, pour lui relever le cœur, affecta une grande assurance dans le caractère et le méthodisme du beau garçon.

Le sixième jour, n'y tenant plus, elle prétexta quelques commissions de mercerie, et Mme Levernot occupée à la confection d'une tarte à la rhubarbe pour le repas de midi, elle profita de la liberté anglaise et sortit seule.

C'était, elle le savait, l'heure où James faisait ses courses d'affaires.

En effet, il parut dans Gwyn street d'abord, puis, un peu plus loin, au carrefour de Sonham road et d'Offa street; mais l'air extraordinairement pressé, il ne fit que la saluer de loin.

Toute pâle, elle tourna un moment

sur elle-même avec lenteur, comme
cherchant sa route, et le cœur gonflé,
prise aussitôt d'un irrésistible besoin
de larmes et de solitude, gagna la campagne.

Le jour était beau, le soleil bon,
avec une brise assez forte qui, rasant
la tête des épis verts, promenait sur
toute la plaine des ondulations d'argent. A l'horizon, sur la droite, le
village de Sonham perçait à peine le
voile bleuâtre de brume légère qui
résiste, en Angleterre, même au soleil
d'été ; sur la gauche, à quelques pas de
la route, s'allongeait le joli bois de
Clapham.

La romance qu'elle avait chantée
chez les Gardner et qui lui avait valu

tant de compliments de James, lui revint à l'esprit :

> Bois épais, redouble ton ombre,
> Tu ne saurais être assez sombre,
> Tu ne peux trop cacher mon malheureux amour.

— Ah ! c'était un pressentiment ! murmura-t-elle avec désolation.

Une fois dans le bois plein de silence, ses larmes coulèrent.

Tout à coup une fusée de rires se fit entendre comme une brusque raillerie à sa douleur ; à quarante pas, traversant une clairière, parurent James et Bell. Ils venaient de son côté.

Elle se jeta derrière un gros arbre.

Ils parlaient d'elle :

— Non, vraiment, je ne suis pas de votre avis, disait Bell ; si cette petite

Française n'a pas de voix, elle ne chante pas si mal.

— Oh! oh! miss Johnson, c'est votre richesse de contralto qui vous rend charitable envers son pépiement!

Et il se mit à pépier en aigu les premières notes de « Bois épais ».

C'était fort bien chargé.

Le rire recommença avec un grand éclat, en duo irréprochable. Le visage de Bell en plein soleil rayonnait d'une terrible malice; sa démarche avait la plus joyeuse aisance. Les yeux sur M. James :

— Bon, bon, reprit-elle très haut, dites-en ce que vous voudrez aujourd'hui; mais, la semaine dernière, la cour que vous lui avez faite à Hampstead aux yeux de cent personnes, hein?

Il continuait de marcher, mais elle s'arrêta à trois pas de l'arbre où se dissimulait Rachel :

— Répondez?

— Voyons, dit-il avec bonhomie, la coquetterie française... vous en avez au moins entendu parler?

— Cette coquetterie s'est jetée à votre tête, je gage!

— Un peu.

— Ainsi, vous n'aimiez pas Mlle Levernot?

Il soupira d'un ton de charmant reproche :

— Oh! miss Johnson! Quelle humilité est la vôtre! Un cœur plein de vous peut-il se partager?

Alors seulement elle se remit à marcher et ils s'éloignèrent avec des rires, comme ils étaient venus.

Rachel, clouée sur place de surprise, d'humiliation et de colère, les laissa partir, puis, en se retrouvant, courut comme une folle vers Osborne villa, par une autre route que la leur.

Mme Levernot était à table, l'air anxieux devant les pommes de terre qui refroidissaient.

— Mais, Rachel, ma fille, d'où venez-vous donc?... Un accident?

— Oh! ma tante, ma tante! s'écria Rachel en se jetant comme un petit enfant sur le sein de la bonne dame, où elle éclata en sanglots.

— Ma chère... mais, s'il vous plaît,
qu'y a-t-il? Calmez-vous.

Et le visage subitement éclairé
d'une idée joyeuse :

— La conviction du péché? la crise
divine?... La grâce céleste vous a touchée? Quel bonheur! Parlez vite.

— Oh! le traître, le misérable!

A travers ses larmes, elle parvint à
conter l'aventure du bois.

Mme Levernot écouta et d'abord refusa de croire. En se rendant enfin,
elle pleura beaucoup :

— Job l'a dit, murmura-t-elle toute
consternée : « Il n'y a pas un juste,
non, pas un! » Quoi! James Barker!
cette fleur! cette espérance! cette foi!
Oh! Dieu! oh! Dieu!

Elle se désola sur son Église, sur sa nièce, sur son beau projet de mariage, et finit par se servir quelques pommes de terre parfaitement froides, mais sans s'apercevoir de cette température d'un plat qu'elle n'aimait que brûlant.

Ni au froid, ni au chaud, Rachel ne toucha à rien.

Comme on se levait de table, la bonne entra, portant une lettre.

— C'était une invitation, très amicale, à un thé pour le lendemain chez Mme Johnson, la propre mère de Bell.

Rachel fit entendre un rire amer :

— Cette audacieuse veut me présenter son fiancé !

Après un assez long moment,

Mme Levernot, qui d'abord s'était tue, déclara qu'il fallait accepter :

Il n'y avait pas raison de se brouiller avec Mme Johnson, une vieille amie, et ce qui allait se passer là, il fallait l'aller voir avec des yeux très ouverts, comme il convenait à des âmes innocentes du crime d'aujourd'hui et de celui de demain !

Mais Rachel ne se rendit que le soir :

— Soit ! nous irons, et je dirai son fait à cet homme !

VI

Dans une toilette de mousseline rose toute sémillante, avec un air particulièrement gai, Bell Johnson voltigeait de groupe en groupe ; et ils étaient nombreux ; elle n'avait oublié personne. Même Effie Perkins était venue.

D'une jeune fille à l'autre, James Barker allait, souriant, complimentant, papillonnant de toute sa grâce.

Mme Johnson, la maman, une très grande brune, encore jolie, semblait aussi gaie que son enfant.

— Hé! hé! Mme Levernot se fait attendre, dit-elle en consultant la pendule.

— Au même instant celle-ci entra avec sa nièce.

Rachel, dans une toilette de grenadine noire, était un peu pâle.

Elle n'eut pas le temps de se défendre de l'approche de Bell qui, avec la cordialité la plus étrange et la plus prompte, la prit par les mains, l'embrassa, malgré un peu de résistance, et la mena dans le cercle des jeunes filles.

Là, comme pour achever sa gêne et

sa surprise, James s'avança tout guille-
ret, suivant son ordinaire dans ces fêtes
féminines, où il prenait toujours le
temps de se trouver, pendant que les
autres gentlemen alignaient de l'écri-
ture dans leurs bureaux, ou servaient
des clients dans leurs boutiques.

Supérieurement coiffé, parfumé, il
ouvrit sa bouche complimenteuse et
reçut une réponse parfaitement glacée,
sous les regards aigus des blondes
misses. Rachel le planta là, ce qui,
d'ailleurs, ne le déconcerta pas autrement.

Sitôt après le thé, elle se préparait à
partir sans bruit, mais de l'autre bout
du salon miss Bell bondit jusqu'à elle :

— Non, non, je vous en prie; pas

avant le souper. Restez! ajouta-t-elle
tout bas avec une nouvelle pression de
main très cordiale.

Mme Levernot, à qui Mme Johnson
tint aussi un discours persuasif, se rassit la première.

Alors James proposa qu'on fît un peu
de musique ; mais déjà la petite brune,
posant un tabouret au milieu du salon :

— Asseyez-vous là, monsieur Barker, vous êtes sur la sellette! Mesde-
moiselles ! vous allez me dire pourquoi
M. James Barker est sur la sellette.

Toute légère, elle parcourut le
cercle des jeunes filles, chacune lui disant à l'oreille sa raison de la situation
présente de James Barker dans le
monde.

Elle revint alors se planter devant le tabouret :

— Vous voilà sur la sellette, monsieur, parce que vous êtes trop joli... trop fleuri de toute sorte de fleurs... parce que vous êtes un coquet... un fat... un flirteur sans conscience... un lâche... un traître à vos amis !

A chacun de ces gros mots, la voix de Bell appuyait plus ferme, tandis que ses yeux riaient d'une forte malice, comme au bois. L'auditoire écoutait avec passion.

— Grâce ! grâce ! s'écria James en se levant un peu gêné, mais, malgré tout, flatté qu'on s'occupât de lui.

— Attendez ! rasseyez-vous. Vous êtes encore un mendiant de gentils cœurs, un misérable avare qui reçoit sans jamais rendre ; un... Voyons, voyons, dit-elle en faisant des yeux le tour du cercle, il ne faut rien oublier... Ah ! vous êtes encore sur la sellette parce que vous imitez à ravir le chant des oiseaux.

James se leva :

— Assez ! Il n'y a, dit-il, qu'une personne ici qui connaisse mes ravissantes imitations des oiseaux. Miss Johnson, venez sur la sellette !

Bell battit des mains :

— Remettez-vous-y, monsieur ; ce n'est pas moi qui ai dit cela ! les oiseaux jaloux ont bavardé.

Rapidement les yeux de James parcoururent le cercle, sans y voir guère que des visages ardents d'attention ou de méchanceté. Un seul semblait peiné, celui d'Effie Perkins. Rachel, sur qui ils s'arrêtèrent, montrait un air extrêmement surpris qui parut ne rien lui dire.

Après une demi-heure de ce jeu, on passa aux charades.

James, qui y excellait, trouva plusieurs clous où accrocher de longues déclarations à Bell, bonne actrice aussi, et qui, là, se montra charmante pour lui, répondit à ses douceurs, se laissa presser les mains.

Malgré la défaite et l'humiliation de la Française, ce fut une indignation générale.

— Deux *flirts* sans vergogne !

9

— Cette Bell si injurieuse et si caressante à quelques minutes d'intervalle !

— Plus coquette encore qu'il n'était coquet ! La ressemblance de leur triste cœur, voilà ce qui les avait réconciliés ; fi ! fi !

— Mais qu'elle étalait grossièrement sa réconciliation !

— Réconciliation ? Ce sont fort bien des fiançailles qu'on va déclarer ; et vous verrez cela !

Rachel, très regardée, et dont quelques-unes riaient sans gêne entre elles, ne bougea pas, abîmée dans la recherche de l'explication de ces « oiseaux jaloux qui avaient bavardé » ; car ces mots s'appliquaient si juste à la scène du bois !

— Je n'aurais pas dû rester, se dit-elle avec un gros sentiment d'humiliation ; cette fois, je m'en vais !

Mais elle eut la route coupée par le révérend Wesley Wardle, qui arrivait en ce moment.

Il fut aussitôt suivi du révérend Th. Night, de M. Johnson, de M. Gardner, de M. Wood, de presque tous les pères des jeunes misses présentes. Le magasin fermé, ils venaient rejoindre les dames. Jamais si nombreuse assistance masculine chez Mme Johnson.

Semblable au soleil qui se couvre soudain d'un nuage, la brillante gaieté de M. James avait disparu à l'entrée du bel et éloquent « divin ».

Et celui-ci, comme pour remplacer

cet éclat perdu, rayonnait de la plus vive joie.

— Il est encore gris de son triomphe d'Hampstead, se dit James.

Et après les poignées de main, sans perdre de temps, il l'entraîna dans un coin, pour le soustraire aux yeux et aux oreilles de l'assemblée ; à demi-voix il mit sur le tapis la question de la « conférence méthodiste » qui devait avoir lieu cette année-là à Manchester.

Cependant Bell, à genoux sur un tabouret, les mains croisées sur les genoux de sa mère, semblait étrangement grave.

Elle se leva lentement, alla vers les deux causeurs :

— Pardon, monsieur Barker.

Elle prit le bras du révérend Wardle et ils marchèrent jusqu'au milieu du salon.

Il se fit un grand silence :

— Mes amis ! je vous présente mon fiancé, dit Bell, émue et radieuse.

Un moment on demeura ébahi ; puis, comme une volée d'oiseaux moqueurs, les regards des jeunes filles partirent du côté de James qui n'avait pas quitté sa place.

Il était pâle, assez gêné, mais bientôt il retrouva ses couleurs, ses assurances, et vint se joindre aux félicitants.

Wesley Wardle lui secoua ferme la main.

— Après nous, c'est ici le plus con-

tent; il viendra à notre mariage, dit
Bell d'un ton charmant.

Elle embrassa les misses blondes,
dont presque toutes montraient un
visage passablement composé :

Non, dans ce grand désert matri-
monial où le sort les promenait, elles
n'étaient pas enchantées du bonheur de
Bell, la plus jeune, se mariant la première, et à un tel homme; mais à ce
sentiment acide se mêlait la douceur de
voir que James Barker leur était laissé,
et que son châtiment servirait sans
doute à quelque chose.

Les yeux de Rachel exprimaient
encore la surprise quand Bell l'embrassa en lui disant à l'oreille :

— Vous saurez le reste !

Cependant le révérend Th. Night avait pris les mains de son jeune confrère et lui appliquait tendrement ce verset de l'Ecriture :

— « Le prix de la femme vertueuse dépasse de beaucoup celui des perles, le cœur de son mari s'assure en elle...

— » Elle lui fait du bien tous les jours de sa vie et jamais de mal, repartit immédiatement, l'air ravi, Wesley Wardle, qui en savait aussi long que son maître.

— » Elle est semblable au navire du marchand...

— » Elle amène son pain de loin...

— » Elle se lève lorsqu'il fait nuit et distribue la tâche à ses servantes...

— » Ses enfants se lèvent et la

disent bien heureuse ; son mari aussi ;
et il la loue... »

Ils se pressèrent les mains très énergiquement, le chapitre terminé.

James Barker, lui, allait de groupe
en groupe ; mais, maintenant, avec un
air dont semblait souffrir une jeune
fille, qui de loin en loin ne le quittait
pas des yeux depuis la déclaration
inattendue de Bell.

C'était Effie, au doux visage.

Elle soupirait, et Rachel, assise auprès d'elle, entendit ces soupirs :

— Qu'avez-vous, Effie ?

— Ah ! répondit-elle, après un regard
qui voulait s'assurer encore du degré
d'amitié et de confiance que méritait la
Française, ah ! Bell a été trop cruelle !

Je connais James Barker depuis mon
enfance : nous avons été élevés en-
semble ; il est généreux, délicat ; on ne
devait pas le traiter avec cette éclatante
méchanceté. Regardez-le, il se con-
tient, mais il souffre le martyre.

Elle soupira de nouveau ; son tendre
visage s'était animé, ses yeux brillaient
d'indignation.

Rachel, très étonnée, n'eut pas le
temps de répliquer. Bell s'approcha :

— Voudriez-vous venir m'aider un
peu de votre goût dans le dernier coup
de main à la table ?

Elles gagnèrent la salle à manger.

La table, irréprochable, n'attendait
plus que les convives. Déjà la petite
bonne Mary en avait fait deux fois le

tour sans découvrir même un pli à la nappe.

Le coup de main fut un coup de langue, comme d'ailleurs Rachel s'y attendait.

— Ah! ma chère, dit Bell, est-ce bien joué, dites? Vous avez compris? Hier, dans une course, j'aperçus de loin au détour de Clapham road, vous, James, son impolitesse, et votre air douloureux. Pendant que vous tourniez à gauche, je vous suivis d'un œil; de l'autre, je voyais arriver lentement vers moi, le joli, l'admirable, l'unique gentleman que vous savez. De l'endroit où il était, il ne pouvait vous voir. Vous prites la grand'route du bois de Clapham. Et voilà mon James qui m'a-

borde ! Une bonne idée me passe par la
tête ; je descends le sentier en contre-
bas qui conduit au bois. Naturellement
on m'accompagne. En route, le bon
apôtre m'explique sa conduite envers
moi, conduite aussi louable que possible : vous n'étiez pour lui qu'un
moyen de m'exalter le cœur, qu'il trouvait trop froid, par un peu de jalousie.
Mais son dédain, son mépris des Françaises, il les répand, le brave Anglais,
à pleine bouche et à pleins gestes ! moi
seule avais de l'esprit, de la grâce, de
la beauté... Je vous ai appelé cet
homme un coquet ; c'est aussi un
coquin, ma chère ! Vous sentez bien
que depuis Hampstead j'étais parfaitement décidée pour l'honnête et beau

Wesley Wardle, à qui d'ailleurs je n'avais pas déplu ! Dans le bois, j'aperçois enfin entre les arbres la blancheur de votre chapeau. Je détourne l'attention de mon homme ; vous vous cachez derrière un arbre ; vous nous aviez vus. Je dirige de votre côté M. James, qui depuis quelques moments se gaussait de vous, vous exterminait en riant. Je ne voulais pas vous laisser empêtrer entièrement de cette triste glu...

— Merci, dit finement Rachel.

— A votre oreille, près de l'arbre, je lance tout à fait le bon compagnon ; vous l'avez entendu. Je riais comme lui, mais je l'aurais étranglé avec amour !

— Ah, vous êtes une jolie Anglaise ! dit Rachel.

Mais elle souriait.

— Que je suis heureuse de vous voir si tranquille, ma chère ! dit Bell en l'embrassant.

— Oui, vous m'avez arrêtée à temps... Est-ce que tous les hommes ressemblent à celui-là ?

— Oui, sauf M. Wardle !

— Peut-être, dit Rachel en riant, trouverai-je un M. Wardle.

— Il n'y en a plus ; cependant je vous en souhaite un.

Elles rentrèrent au salon en se donnant la main. Aussitôt on annonça le souper.

VII

Exercices religieux et festivals de
thé, c'est la vie anglaise dans les petites villes, où il n'y a guère de religion
sans thé, ni de thé sans religion.

Mme Levernot, le dimanche suivant,
tout en achevant sa viande froide et
ses pommes de terre chaudes, dit que
le temps de répondre aux politesses
était venu ;

— Je rendrai un thé jeudi! vous m'aiderez, chère Rachel...

Une lueur fine passa dans les yeux de la bonne dame parlant ainsi et qui toussa ensuite légèrement :

— Nous inviterons des messieurs.

A quoi Rachel, qui se levait de table en ce moment, n'ayant pas répondu, parce qu'elle n'écoutait qu'à moitié, Mme Levernot la regarda sortir et continua son discours :

— Il faut, dit-elle en balayant lentement d'un doigt les miettes sur la nappe, il faut inviter James Barker. La situation est meilleure que jamais : Bell s'est retirée de la bataille. En vérité, dans cette affaire, mon premier mouvement a été d'une irritation presque dépla-

cée... oui, certainement déplacée! Cette
aventure du bois de Clapham m'avait
paru grave; mais, voyons, dans un
bois, avec la diffusion de l'air et le
bruit du vent, à dix pas de distance,
est-ce que les paroles s'entendent bien?
Moi, dans mes moments d'émotion,
j'entends tout de travers. Et Rachel, à
la vue de James et de Bell côte à côte,
était évidemment bouleversée... Non,
non, il n'y a pas là de quoi renoncer
pour elle à un si beau et si saint mariage! Qui sait la vraie pensée de James
en flirtant avec cette petite rusée de
Bell? Il ne l'a pas dite. « Ne soyons
pas prompts dans nos jugements », je
ferai lire ce soir ce passage à Rachel.

Le lundi, de bonne heure, Mme Le-

vernot se mit à la confection de son
pudding de tous les jours, et, au passage, appela sa nièce :

— Venez m'aider, lui dit-elle... ou
plutôt, non... profitez du beau temps,
allez inviter toutes celles de vos amies
qu'il vous plaira; moi, je ferai ce soir
ma visite aux parents.

D'abord, les yeux étonnés de Rachel
parurent demander où étaient ces amies,
puis, cet étonnement disparut, et elle
répondit après une minute :

— Oui, ma tante, j'y vais.

Elle avait pensé à Effie Perkins, à
cette âme tendre, un peu mystérieuse,
la seule qui l'eût touchée depuis son
arrivée, et à sa naïve et étrange dé-
fense de James, l'autre jour :

— A défaut d'autre amie, je peux au moins aller inviter celle-là!

La curiosité, d'ailleurs, y avait un peu son compte.

Effie demeurait au bout de la ville.

Ce fut seulement devant la maison que Rachel se rappela avoir entendu dire qu'on n'y recevait pas à cause des indispositions fréquentes de Mme Perkins.

A travers la porte, elle écouta un bruit intermittent de petite crécelle dans le vestibule, après une hésitation, souleva le marteau, et, après une autre, ne le laissa pas retomber.

Mais le dedans avait dû entendre dans un silence de la crécelle, car la porte s'ouvrit. Un tout jeune garçon d'environ six ans parut, son joujou en main, contempla gravement la visiteuse, et au bout de la contemplation se mit à sourire. Elle se nomma; il sourit encore comme à une connaissance, et lui dit d'entrer ;

— Ma sœur Effie vous verra.

Il la conduisit par un couloir à un grand salon aux vieux meubles, aux tentures ternies, d'un assez sombre aspect.

Là, en robe du matin, les cheveux déroulés, Effie donnait une leçon de tricot à ses deux petites sœurs, Polly et Ada.

Avec surprise et embarras elle alla au-devant. Les deux petites filles s'étaient déjà levées avec un soupir de

joie, toutes souriantes à cette visite
qui tranchait le travail, et avaient re-
joint leur frère sur la porte du salon.
Ils s'envolèrent tous trois à un signe
de leur grande sœur.

Rachel, assez embarrassée elle-même,
fit alors son invitation.

— Pour après-demain ? murmura
Effie, comme se parlant à elle-même ;
puis elle ajouta à haute voix :

— J'irai probablement seule.

Sa voix tremblait un peu.

— Votre mère est encore souffrante ?
dit Rachel sympathiquement.

— Oui. Asseyez-vous là, auprès de
moi. Je suis contente de vous voir ; si
je vous ai paru surprise, c'est faute
d'habitude à recevoir, mais vraiment,

je suis très contente. Qui avez-vous à
votre thé?

— Je crains qu'il ne soit pas aussi
intéressant que celui de Mme Johnson,
répondit Rachel en souriant.

Là-dessus, le nom de James Barker
arriva. Effie rougit :

— Ainsi on vous a paru cruel envers
M. James?

— Mon Dieu, répondit Effie en dé-
tournant la tête, je vis loin de ces petites intrigues.

— Si M. James savait votre foi en
lui, il en serait heureux sans doute.

Effie, la regardant avec étonnement,
demanda :

— Mais vous, le croyez-vous criminel?

A ce moment la porte du salon s'ouvrit violemment ; une face hideuse, boursouflée, déchirée d'égratignures, parut. Le désespoir des yeux ajoutait à cette horreur.

Rachel se leva effrayée ; Effie, blanche comme cire, demeura un instant clouée sur place.

— Oh ! Effie, Effie, mon enfant, je suis en détresse ! pourquoi me laissez-vous ? Venez !

La voix était rauque, lamentable. Une odeur d'eau-de-vie se répandit. Mme Perkins avança de deux pas dans le salon, en ramenant sur ses épaules un vieux plaid qui traînait sur ses talons.

—Mère, mère ! que faites-vous ? murmura la jeune fille, qui, maintenant debout, cherchait à l'emmener, je ne suis pas seule.

— Ah ! qu'importe? Que font à présent le jugement des hommes à une misérable comme moi !

Elle se laissa tomber sur une chaise, et, les mains pendantes, l'horrible visage meurtri en pleine lumière, de sa voix enrouée, elle répétait avec l'accent d'un enfant abandonné :

— Effie, mon enfant.... ma petite Effie, je suis perdue !... il n'y a plus de miséricorde pour mon péché !...

Rachel avait gagné la porte.

— Ah! je vous fais horreur, vous vous en allez, jeune fille... J'ai été jeune, innocente comme vous... j'ai été comme

ma petite Effie, là. — Elle étendit les
bras vers sa fille, qui, les yeux au ciel,
les mains jointes, faisait penser à un
Christ priant : — Oh! la bonne, la
belle, la pauvre petite Effie!... et ses
sœurs et son frère!... leur père est
mort, et voici la mère qui leur reste!...

Elle se mit à sangloter, puis à se
frapper la poitrine avec des malédic-
tions.

Effie, et Rachel avec elle, pleurait.

— Et pourtant je hais mon crime ;
je me bats avec lui ; vous l'avez bien
vu à Hampstead, et le fermier Hoggs
aussi l'a vu : — Mme Perkins un
peu d'ale? — Non ! — Un peu de porter? — Non, non ! Mme Perkins est
teetotaller, Mme Perkins ne boit que

de l'eau, elle a fait serment de ne boire
que de l'eau !

Sa bouche s'ouvrit sur un rire d'une
terrible amertume. Une nouvelle et
large vapeur de gin s'en exhala :

— Eh bien ! dites, n'est-ce pas pour
moi qu'il est écrit : « Arrière, hypo-
crites, sépulcres blanchis ! arrière ! »

Et elle recommença à gémir comme
un petit enfant :

— Effie, je suis en détresse ; Effie, il
n'y a plus de sauveur pour moi ! je suis
perdue !... ne me quittez pas !

Alors posant la main sur l'épaule de
la malheureuse, et penchée sur elle, sa
fille se mit à lui parler doucement,
très doucement, d'espérance.

Comme des gouttes d'eau fraîche

tombant dans une bouche brûlante, sa
parole calma peu à peu cette tête malade. Prenant alors le bras de sa mère,
elle l'emmena, après avoir fait signe à
Rachel de l'attendre.

Dix minutes après elle reparut, les
yeux sans larmes, mais pleins de cette
touchante mélancolie qui avait frappé
et attiré Rachel dès le premier jour :

— Oui ? dit-elle, des chutes continuelles, puis cet affreux désespoir;
vous avez le secret de ma vie; jusqu'ici
j'avais pu le cacher.

Rachel sentit son cœur se fondre.
Elle la prit, la serra dans ses bras :

— Effie, vous êtes une belle sainte!

Elles restèrent ainsi un long moment
à pleurer.

— Je suis votre amie, reprit Rachel, une amie qui ne trahira pas vos secrets... car vous avez un autre secret. Voulez-vous me laissez descendre dans votre cœur ? dites, Effie, le voulez-vous !...

Effie se mit à trembler.

— Vous aimez James Barker.

Le frémissement de miss Perkins redoubla ; elle quitta lentement les bras de Rachel :

— Mais, vous ?

— Moi... c'est déjà fini... parfaitement fini.

— Oh ! reprit ce cœur naïf et désintéressé, je n'étais pas jalouse en voyant James répondre gracieusement à la coquetterie des jeunes filles de la ville...

— Et à la mienne, murmura finement Rachel.

— J'ai souhaité intérieurement que
James choisît entre elles la meilleure
des femmes, le mariage m'étant inter-
dit à moi, à cause de ma pauvre mère
et aussi de mes petites sœurs et de mon
frère.

— Le mariage ne vous empêcherait
pas de les faire élever, de veiller sur
votre mère.

— Non, non, il ne faut pas rêver !
James, d'ailleurs, n'a même pas pensé
un moment à moi, et cette indifférence
m'a fait un cœur très résigné ; dans la
vie, la résignation est peut-être la plus
grande des forces.

Rachel, songeuse, contempla un

moment la grave douceur de ce visage ;
puis, ayant rappelé l'invitation au thé
et embrassé de nouveau Effie, elle s'en
retourna chez elle, une bonne idée en
tête.

VIII

Il n'en mena pas long, ce thé de Mme Levernot, où tout le méthodisme s'était rendu.

L'insurrection y éclata presque, dès l'entrée inattendue de James Barker.

D'abord on crut que le malheureux venait par légèreté au-devant d'un second affront; on prévit l'apparition d'un fiancé de vengeance pareil au révérend Wesley Wardle; on se dit

pourtant à l'oreille que si une Française
pouvait manquer de sens moral, de
fierté à ce point d'inviter un homme si
terriblement dédaigneux d'elle, si inso-
lent, elle n'aurait pas dû manquer d'esprit, en copiant si platement celui de
Bell. Puis on trembla que ce fiancé ne
fût James Barker en personne, tant il
avait l'air galant et décidé.

— Oh ! dit Winnie, dans un coin,
est-ce que nous supporterons tranquillement cette infamie ?

C'était le cri intérieur de toutes les
misses assemblées là, pendant que la
petite Effie aidait dans le service Rachel
et Bell Johnson qui, maintenant, la
face épanouie, en fille bien placée, ne
se souciait plus de personne que de son

beau, de son admirable « divin. »

James, lui, un moment sur ses gardes
contre quelque nouveau coup de méchanceté féminine, s'était rassuré bientôt devant les gracieusetés de Mme Levernot et la gentillesse de Rachel :

Point de doute, la tante le voulait
toujours pour neveu, et la nièce l'aimait
encore. L'amour quand même de cette
petite Française, devait pourtant faire
réfléchir toutes ces Anglaises qui le
regardaient de travers, rendre la douceur, l'amabilité à leurs yeux !

Pour les ramener, il fit à Rachel
une cour bruyante, ne s'occupa que
d'élle.

Alors ce fut une indignation générale.

11

Les misses Crawford, les misses Gardner, miss Annie Wood, Katie Winters, Priscilla Jones et le reste de la troupe en quête d'un mari s'étaient dit, chacune pour son compte, après les fiançailles de Bell :

— Maintenant James Barker est à moi ?

Et James Barker était à la France !

Dans un petit couloir qui longeait la chambre à coucher de Mme Levernot, elles se rassemblèrent un moment, enlevées par la même fureur :

— Le chien est retourné à son vomissement ! dit Sarah Gardner, qui éclata la première.

— Cet homme est la disgrâce, la honte du méthodisme ! ajouta Priscilla

Jones, les joues enflammées, la voix sifflante.

Alors Annie Wood, très pâle, si frêle qu'elle avait à peine la force de parler, ouvrit la bouche :

— Ce malheureux est un scandale dont on ne trouverait pas le pareil chez les catholiques ! même chez les Français !...

Elle s'arrêta un moment pour reprendre haleine.

Sous l'émotion de ce qu'elle préparait, les veines de son front bleuirent et gonflèrent.

— Eh bien ! à partir de ce moment, et tant qu'on n'aura pas chassé de l'église ce misérable, je ne mets plus les pieds à la chapelle Wesleyenne !... je la quitte,

cette caverne de *flirts* ! et si vous avez
du cœur, nous nous retrouverons toutes
dimanche à Saint-Cuthbert !

— A Saint-Cuthbert ! oui, oui...
nous voilà anglicanes !... à Saint-Cuthbert ! c'est entendu !

Toutes secouèrent fortement la
main à Annie Wood pour son admirable idée.

Avec de brillants regards de défi,
le bataillon rentra au salon.

Le dimanche suivant, les plus belles
loges de la chapelle Wesleyenne restèrent vides, et, au sortir de l'office,
ceux des fidèles qui ignoraient encore
la grande défection l'apprirent.

Pendant ce temps, l'église de Saint-
Cuthbert retentissait des voix des fugi-

tives chantant sans pudeur la liturgie
anglicane. Toute la ville s'émut.

Le soir, le vénérable Thomas Night,
dont le meilleur du troupeau passait
ainsi aux loups, ne put souper, de
crève-cœur. Et dès le lendemain
matin, dans ses gros souliers il courut
à la recherche de la « cause », que son
cœur innocent ignorait encore.

La tournée pastorale commença par
la maison Gardner.

La pauvre Mme Gardner pleura avec
lui :

— Ah ! dit-elle, je gémis la première sur la folie de mes filles, mais
notre chapelle était devenue un incroyable lieu de flirtage !

Et se reprenant aussitôt :

— Oh! cher, cher monsieur Night, j'oubliais! c'est votre chapelle; je vous ai offensé!... oui, je vous ai offensé!

Elle lui saisit la main.

— Mais où est le flirtage? où est le scandale? demanda le brave pasteur, tout troublé, en regardant autour de lui comme s'il devait le trouver là, bien plutôt que dans son temple.

La dame se souleva un peu sur sa chaise-longue pour lui apprendre la déplorable affaire de la Française avec James Barker, commencée à la chapelle par un narcisse, un narcisse offert poliment, gentiment par Winnie, la pauvre petite! et qui se poursuivait, allait son train français qui mène loin, on le sait!

Après ces paroles très nettes, elle ne sentit pas du tout le besoin de demander pardon de l'offense et poussa jusqu'au bout sa récrimination contre Rachel et James Barker, causes de tout le mal.

La bonne âme du révérend Th. Night, qui en ce monde ne voyait absolument rien que les choses de l'autre, demeura très surprise, très désolée :

— Comment! James Barker, une des colonnes du temple, flirtait si scandaleusement que cela!

Il continua sa tournée ; partout mêmes accusations et même douleur.

Le soir, les pères de famille — les pères n'exercent pas en Angleterre sur leurs enfants la même autorité que les papas français sur les leurs, — s'assemblèrent chez le pasteur en *prayer meeting*.

Là, le révérend Th. Night supplia fortement, avec larmes, le Seigneur de ramener au bercail les agneaux égarés. Et ce fut de tout cœur que partirent vers le ciel les Amen! amen! de M. Crawford, de M. Gardner, de M. Jones, de M. Wood, de tous les autres.

— Voici, dit le révérend, à l'issue de la réunion; il importe que notre frère Barker fasse au plus tôt un choix parmi nos jeunes filles; je vais le trouver!

A tour de rôle, tous les frères ser-

rèrent tendrement la main au pasteur,
chacun espérant à part qu'il ferait pen-
cher la balance en faveur de sa fille.

Il se rendit aussitôt chez le coupable.

Celui-ci se préparait à sortir, devant souper dehors en l'absence de sa
mère, en ce moment à la campagne
chez une amie.

La bonne alla le prévenir.

L'homme de Dieu se mit à arpenter
le salon, la tête inclinée, très recueilli
dans la méditation du discours à tenir
et de la note juste à donner. Il évoqua
l'apôtre Paul et ses recommandations
à Tite de reprendre sans colère et
d'exhorter les jeunes gens avec une
fraternelle émotion.

James arriva, très frais, très gentil, un sourire d'excellente conscience aux lèvres.

Le pasteur lui prit les mains, les serra dans les siennes un moment et, le regardant d'un air extrêmement douloureux :

— Mon fils ! mon fils ! malheur à celui par qui vient le scandale !

James demanda de quel scandale il s'agissait.

— Quoi ! seriez-vous seul à ignorer la fuite bruyante, lamentable de nos jeunes sœurs à l'église anglicane ? — Il lâcha ses mains — : Et c'est vous, c'est vous qui avez fait cela !

Le jeune homme répondit que n'ayant pas une seule fois mis les

piéds à l'église Saint-Cuthbert, il ne
pouvait comprendre…

— Vous avez chassé ces chers enfants de la nôtre !

Il lui étala les reproches à sa conduite, à son incroyable légèreté, qu'il
venait d'entendre lui-même dans la
maison de tous les frères. Il cita les
noms de toutes les demoiselles méthodistes courtisées et délaissées par lui
successivement.

— J'ignorais tout cela, ajouta-t-il ;
ma consternation est immense devant
cette atteinte portée à votre honneur…
vous, l'une des gloires de Sion ! Je suis
navré. Perdre tant de filles de notre
temple, et pour une étrangère !

— Mais, dit James, cette étrangère,

vous ne savez donc pas que sa tante
désire la voir entrer dans notre Eglise
et qu'elle m'appelle pour aider à la
conversion?

— ... Et vous ne songez pas au mariage l'un et l'autre?

— Au mariage! pas du tout; les
Françaises ont plus d'esprit que cela.
Quant aux misses assez folles pour
courir chez les Samaritains, si elles
prennent mes politesses, mes bouquets
pour des engagements, est-ce ma
faute, je vous prie? et si je suis à
peu près le seul mariable de la ville
et que toutes les demoiselles préten-
dent à m'épouser, est-ce encore ma
faute?

— Mais, s'écria le révérend Th.

Night, les bras au ciel, elles vont donc
demeurer éternellement la proie de
Saint-Cuthbert! James Barker! cette
pensée seule serait capable d'abréger
mes jours; notre Eglise frappée d'une
telle humiliation, d'une telle injure...
vous ne pouvez pas vouloir cela, frère
James! votre foi tient bon malgré tout,
j'espère?...

— Comment, malgré tout! interrom-
pit d'assez haut James, qui ne plaisan-
tait pas avec sa respectabilité.

— Je veux dire, reprit le pasteur
en s'adoucissant, je veux dire qu'une
bonne manière, un mot de vous pour-
rait nous rendre ces pauvres enfants.
Refuseriez-vous de vous marier dans
votre peuple et bientôt? car il est

écrit : « Mon fils, réjouis-toi de la femme de ta jeunesse. »

Le roc appelé James Barker parut enfin touché de l'accent du vieillard et de ses larmes, qui se mirent à couler. Il voulait d'ailleurs arrêter là cet entretien blessant pour son amour-propre et qui retardait le moment d'aller souper :

— Eh bien ! j'y penserai.

Le mot fut dit si gravement que le visage crispé du brave révérend s'épanouit. Il reprit de nouveau les mains de James et les pressa avec une vigoureuse reconnaissance :

— Je n'en demande pas plus à un... méthodiste ! dit-il ; je vais porter cette bonne parole à nos frères, à nos

chères fuyardes entre lesquelles vous
n'aurez plus qu'à choisir !

Il s'en alla semer chaleureusement
la nouvelle chez les Wood, les Winters, les Jones, les Gardner, le reste
des amis qui se rattrapèrent à l'espérance.

Mais les révoltées ne se rendirent
qu'au bout de quinze jours, quand on
leur assura que James Barker n'avait
pas reparu chez Rachel depuis le thé
de Mme Levernot et même que la de-
moiselle faisait ses paquets pour retourner en France. Alors seulement
elles abandonnèrent Saint-Cuthbert,
qui ne fut pas content.

— « Mes agneaux ont entendu ma
voix, les voilà rentrés dans le ber-

cail! » Ce fut le texte que développa le révérend Th. Night d'une voix joyeuse, avec des gestes de circonstance, le gracieux dimanche où Israël revint enfin de la terre ennemie.

IX

Il avait fait une chaude et splendide
journée de juillet ; le soleil se couchait
dans une brume d'or au chant d'une
brise légère ; l'heure était merveilleuse
pour une promenade sur l'eau.

La barque blanche et bleue, en toilette neuve, se balançait coquettement,
voyant venir sur la rive Mme Levernot, Rachel et Effie qu'elle connaissait
un peu pour les avoir promenées déjà

12

une fois la semaine dernière, et auprès
d'elles James Barker, le beau rameur,
qu'elle connaissait tout à fait, ayant
filé fort souvent comme une flèche
sous ses habiles mains.

Les dames descendirent dans la
barque; elle se mit à gambader un
moment, puis partit à toute vitesse,
sans bruit, sous les coups de rames,
comme si elle craignait d'être vue.

La rivière, qui est à quelque distance
de la ville, coulait unie et transparente
entre de larges prairies aux hautes
herbes bleuâtres sous la rosée; de
belles vaches grasses beuglaient pa-
resseusement au passage de la barque
en la suivant de leurs grands yeux
doux.

Les yeux doux aussi, les deux jeunes filles les regardaient silencieusement, mais Mme Levernot prit la parole pour rappeler le songe de Pharaon expliqué par Joseph et ce qui s'en suivit.

Comme on ne lui répondit pas, la chose biblique n'alla pas trop loin.

Peu à peu, tout bruit s'éteignit. Au milieu de ce poétique silence des choses, on n'entendait plus que le mouvement léger des rames ralenties ou le vol effaré d'un oiseau chassé de la rive. Le crépuscule tombait.

— Ah! murmura Effie, la main dans la main de Rachel, qu'il serait bon de descendre ainsi la vie, dans cette grande paix! et que vous avez bien fait de m'emmener malgré moi!

— Effie, dit Rachel, votre visage est en ce moment aussi poétique que votre pensée. S'il vous plaît, monsieur James, regardez Effie !

M. James, cessant de ramer, fit aussitôt son compliment. Il compara les deux jeunes filles à deux fleurs surgies de l'eau pour la joie de cette soirée : oui, vraiment, des fleurs discrètes et charmantes comme la nuit! Il se souvint d'une promenade pareille sur l'eau faite avec Effie, quand ils étaient enfants ; Effie se la rappelait aussi et avec des détails de flèches d'eau cueillies au passage et de gâteaux mangés là-bas, entre ces deux arbres de la rive.

A cette heure d'attendrissement gé-

néral, ce souvenir parut toucher le joli
James ; comme sans y penser, tout en
parlant, il posa sa main sur celle de la
jeune fille qui, doucement, la retira.
Puis il frôla le manteau de Rachel et
se sentit vraiment heureux du voisinage de ces deux agréables personnes
entre lesquelles il pouvait se partager
ou hésiter, se taire ou parler, porter à
sa boutonnière le narcisse de l'une ou
le lilas blanc de l'autre, à sa guise,
sans qu'elles criassent à l'iniquité, à
la légèreté, à l'hypocrisie, comme
d'autres jeunes filles de sa connaissance !

Car depuis quelques jours il s'était
mis à gratifier Effie de son attention.
Et Rachel, qu'elle ne quittait plus,

cachait si bien sa jalousie, qu'on la
voyait à peine. Pour Mme Levernot,
toujours radieuse devant lui ! C'était
charmant. Voilà enfin une compagnie,
douée enfin de cette largeur d'esprit
dont il avait besoin pour évoluer à
l'aise et se sentir aimable à fond.

Il était heureux aussi de tromper la
ville qui ignorait ces promenades sur
l'eau et même ses visites actuelles à
Osborne villa, visites que d'ailleurs il
ne faisait plus qu'à la nuit tombante,
en catimini ; ni la dame ni les deux
jeunes filles n'en parlaient ; délicatesse
supérieure envers un pauvre garçon
si maltraité ! De plus, à cette heure,
les petites révoltées du méthodisme
étaient absolument calmées ; le révé-

rend Th. Night comptait tous les di-
manches ses agneaux dans leurs loges ;
il n'en manquait pas un. Pasteur et
agneaux se disaient visiblement en
regardant vers le joli James Barker :
« Il a répondu qu'il y penserait ; il y
pense ; il choisira bientôt ! » All right !...
Mais quelle fureur que celle des jeunes
filles de ce temple à vouloir se marier
immédiatement, aujourd'hui même,
avec un garçon plein de motifs de poids
pour renvoyer la fête à beaucoup plus
tard ! Ici, au moins, dans cette barque,
comme dans le salon de Mme Levernot,
on ne semblait songer qu'à la conversion de Rachel. Ah ! le bon goût
des Françaises ! Celle-ci paraissait
même avoir oublié l'aventure du bois

de Clapham; elle aimait et se laissait courtiser sans conséquence et sans jalousie. La bonne fille!

La lune se leva, une lune décroissante, mais très pure et qui éclaira vaguement l'eau et les bords.

Sous cette lueur, le pâle visage d'Effie devint plus pâle encore et d'une mélancolie si pénétrante que James, frappé, le trouva très étrange, très prenant et le dit, en ajoutant aussitôt, pour l'équilibre :

— Vous aussi, mademoiselle Levernot, vous avez un visage très original!

— Je le sais, répondit Rachel en riant; mais Effie ignorait l'étrangeté du sien; vous ne lui en aviez jamais

parlé, je crois. Et que dites-vous de
celui de ma tante?

Mme Levernot s'était endormie.

Pendant que James riait de la chose,
Effie se leva de sa place pour aller
s'asseoir sur le petit banc à l'avant.
Elle avait la lune en face, mais, là,
James ne pouvait plus voir son « très
prenant » visage.

Presque au même moment, d'une
façon fort singulière, une forme humaine, avec des apparences de fantôme, parut sur la rive gauche, entre
deux saules, et se mit à suivre la barque.

James regarda de tout le perçant
de ses yeux et après un instant demanda tout bas à Rachel restée auprès
de lui :

— Qu'est-ce donc là ?... un paysan ?

— Non, dit Rachel après avoir regardé aussi ; c'est une démarche distinguée.

— Quelqu'un de la ville, qui nous suit ?

Elle se mit à rire de cette peur :

— ... Oui, quelqu'un de la ville, mais qui n'en est pas... Il a bien à peu près la taille de l'étranger dont je vous ai parlé, celui que j'ai rencontré trois fois sous les fenêtres d'Effie.

Elle murmurait à peine ces mots, en montrant la jeune fille qui, la tête un peu renversée, semblait perdue dans la contemplation du ciel :

— Vous croyez qu'il suit Effie ?

— Cela en a presque l'air.

— Elle s'en est aperçue ?

— Je ne sais ; elle ne m'en a pas
parlé.

— A moins que ce ne soit vous
qu'il suit ?

— Possible ; mais il y met une belle
discrétion, car en nos trois rencontres,
il ne m'a pas vue une seule fois.
Après cela, peut-être se promène-t-il
tranquillement sans penser plus à elle
qu'à moi et à vous.

— Euh ! euh ! murmura James, les
yeux sur le bord où la silhouette de
l'homme se montrait et disparaissait
tour à tour suivant les coups de lumière
ou d'ombre ; et comment est-il ?

— Bien ; un vrai gentleman.

James, qui avait cessé de ramer,

tapota un moment sur le bout du banc
où il était assis, puis, de l'air le plus
confidentiel :

— Est-ce qu'Effie est une nature
profonde, j'entends, une nature capable
de voiler ses sentiments?... Elle a
quitté sa place auprès de vous presque
au même instant que ce fantôme se
dressait là-bas.

— Oui ; cependant elle ne semble
pas regarder de son côté.

— Que regarde-t-elle donc ?

En quelques coups de rames, il
remonta le courant.

L'inconnu, perdu de vue, reparut
bientôt, remontant aussi.

Il n'y avait plus à douter.

James précipita la marche ; il paraissait aussi inquiet qu'un homme menacé dans son bien ; les sourcils crispés, avec des coups d'œil attentifs du côté d'Effie toujours abîmée dans son rêve, il fit entendre quelques petits sifflements de mauvaise humeur, tout en ramant avec une vigueur et une rapidité admirables.

Rachel, qui ne le quittait pas de vue, le complimenta beaucoup ; elle semblait de plus en plus gaie.

Il s'arrêta un moment, appela Effie. Maintenant penchée sur la barque, elle baignait sa main dans le sillage :

— Effie, vous connaissez ce monsieur ?

— Ce monsieur ?

— Oui, là.

Il montrait la rive droite.

Effie se retourna avec un impercep-
tible frémissement :

— Je distingue à peine, dit-elle.

— Tenez, le voilà dans la lumière.

Comme une personne à qui le spectacle importerait peu, elle ne répondit
pas, et replongea sa main dans l'eau.
James se remit à siffloter.

Un moment après, il fit tout haut la
remarque qu'Effie devait avoir froid,
dans sa simple robe de toile, et, se dé-
pouillant aussitôt de son paletot, il le
lui offrit.

Mais Effie, qui ne voulait pas qu'un
être si cher prît lui-même froid, n'accepta pas.

Il insista avec une certaine âpreté,

et Rachel termina le débat en disant :

— Venez, Effie, et couvrez-vous de la moitié de mon manteau.

Les rames reprises, en quelques minutes on toucha la berge, au point d'embarquement, et on réveilla Mme Levernot, qui de tout son cœur déclara qu'elle avait fait une promenade délicieuse.

Tout en attachant la barque, James fouillait des yeux les environs ; mais le fantôme de la rive s'était évanoui.

X

Le lendemain, à la brune, le joli Barker retourna chez Mme Levernot.

— Vous êtes un ange, lui dit-elle en lui prenant les mains, la foi pousse à gré en ma nièce ; elle a cette croissante gaieté propre aux gens qu voient plus clair de jour en jour à la lumière du Seigneur. Vos visites font ce miracle.

Rachel entra, toute gaie, en effet, et tout aimable.

Pendant que la tante allait veiller au thé, James parla de la veille. Ce fut d'abord de l'eau et puis de la rive :

— Quelle étrange apparition ! Mais — il hocha la tête en souriant — Mlle Rachel en savait certainement plus qu'elle n'en disait ?

— Eh bien ! répondit-elle, ce que vous avez pris pour un homme était peut-être l'ombre bénissante de John Wesley.

— Ne plaisantez pas !

— Mais, monsieur, si vraiment cette apparition se trouvait là pour miss Perkins, cela vous importe donc ?

13

Elle avait maintenant l'air très
sérieux.

Il sourit à ce coup de jalousie : car
évidemment la jalousie, quoique dis-
simulée, tourmentait Mlle Levernot !
Quand Effie devait venir à Osborne
villa, elle allait la chercher chez elle
et l'y ramenait ensuite, sans la quitter
d'une semelle. Ici, mêmes précau-
tions : il ne pouvait dire un mot que
les quatre oreilles ne l'entendissent.

Ce soir-là, miss Perkins, retenue
chez elle, envoya une excuse.

James se retira de bonne heure,
intérieurement très froissé : Comment ! une petite fille comme Effie,
dont il ne s'était jamais encore occupé, pouvait, au moment juste où il

lui plaisait à lui de se montrer aimable
pour elle, répondre à tant de grâce
par des airs d'indifférence et surtout
par un inconnu à ses trousses ! Cela
n'était-il pas inconvenant, blessant ?

Il en voulut d'autant plus à la petite
Effie qu'à cette heure elle lui semblait
vraiment jolie et intéressante.

Comme on n'entrait pas chez Mme
Perkins, malade, et dont la porte
restait fermée depuis longtemps, il en
vint à faire le pied de grue dans la
rue d'Effie, avec l'espoir que Mlle Levernot oublierait un soir ses pré-
cautions jalouses.

Mais point. Mlle Levernot était
toujours là comme un policeman.

Cependant, il s'informait. Il apprit

qu'un étranger était descendu dans le Grove, à l'hôtel du Cygne, et ce fut dès lors de ce côté qu'il se posta en observation.

Il n'eut le spectacle cherché qu'après la troisième surveillance, un soir, vers six heures.

Les réverbères s'allumaient ; il tombait une petite pluie assez serrée. L'homme parut sous un parapluie bleu, un homme long, maigre, d'air assez gentleman ; trente ans à peine. Le collier de sa barbe frisait comme celle d'un roi d'Orient.

Avec des pincements au cœur, James le suivit à travers plusieurs rues, le vit entrer dans Millstreet et aller droit frapper à la maison Perkins.

Les pincements au cœur redou-
blèrent :

— Mais il ne sera pas reçu ! Et
voilà un étrange audacieux, se dit
James.

La porte s'ouvrit et l'homme entra.

James fit deux pas pour aller frapper aussi, puis retourna en arrière
par le sentiment qu'il serait refusé, et
que toute la ville dauberait demain sur
ce coup de marteau manqué.

Réfugié sous son parapluie tenu
très bas, il alla et vint à quelque distance, l'œil sur la maison Perkins
pendant trois quarts d'heure, jusqu'à
ce que l'étranger en sortît.

Cette nuit-là fut cruelle au joli
James ; la jalousie le griffa longue-

ment, quoiqu'en vérité il se souciât
plus sérieusement d'Effie que d'une
autre : mais cette petite ténébreuse
avait-elle le droit d'appeler, de tenir
ici dans la ville, dont il était le dieu
adoré, un personnage que les autres
demoiselles finiraient peut-être par dis-
tinguer aussi ?

— Je la forcerai à parler demain !

Mais il l'attendit en vain chez
Rachel. Elle n'y parut que le qua-
trième jour.

Comme il n'y avait pas lieu d'es-
pérer qu'il pût la ramener seul, il
chercha le moment et le saisit dans le
vestibule pendant qu'elle y mettait ses
caoutchoucs pour le départ, Mme Levernot appelée par la bonne, et Ra-

chel, déjà dans sa chambre, à s'ap-
prêter :

— S'il vous plaît, Effie, l'homme de
notre promenade sur l'eau, cet homme
que vous ne reconnaissiez pas à la
lumière de la lune, a passé trois
quarts d'heure, lundi soir, chez vous
où l'on n'est pas admis !

Effie, subitement très rouge, se
baissa sur ses caoutchoucs.

Il répéta d'une façon très incisive.

Elle leva la tête.

— Ah! James, ne m'interrogez pas !

Ce fut dit avec une prière et une
innocence qui eussent sans doute rassuré un James dénué de vanité et de
coquetterie, mais qui ne firent qu'exas-
pérer ce jeune coq.

— Si j'allais vous voir, Effie ?

— Non, James, ne venez pas, je vous en supplie !

Il se tut ; Rachel entrait avec sa tante ; elles chaussèrent aussi leurs caoutchoucs en regardant du coin de l'œil.

Il partit sans accompagner, l'air hautain, avec une parfaite inconvenance.

Le mystère de l'étranger devint dès lors son idée fixe. Il lui en poussa une gravité de visage qui plut au révérend Th. Night, aux pères de famille et au troupeau d'agneaux jadis révoltés.

— « Il y pense ! Il y pense ! » disait-on dans les thés et sous le porche de la chapelle.

— Il prend le temps de faire son choix en homme maintenant sérieux.

— « Ses sourires sont comptés ; ses paroles sont comme les perles précieuses qu'on ne laisse pas tomber à chaque pas. Voilà un cœur régénéré. »

Cependant la pâle Annie Wood et Sarah Gardner, qui toutes deux de jour en jour montaient beaucoup en graine, avaient des inquiétudes, mais sans pouvoir y mettre le nom :

— Il serait par trop fort, disait Annie, que maintenant il se fût décidé à n'épouser ni l'une de nous ni même l'étrangère... qui pourtant n'est pas encore partie ! Peut-être médite-t-il de

quitter la ville, comme nous avons
dernièrement quitté la chapelle.

— Il faudra le surveiller, répondit
un soir Sarah. Bell Johnson n'aurait
pas dû nous planter là devant l'étrangeté de la conduite actuelle de James.
Bell a des yeux, du nez, de l'intrépi-
dité. Mais tout cela est noyé maintenant dans son Wesley Wardle ; pour
elle il n'y a plus personne en ce monde !

Deux jours après, vers huit heures
du soir, Annie, ses pâles joues un peu
rosées par l'émotion et par la rapidité
de la marche, entra chez les misses
Gardner en criant :

— La Française ! c'était la Française ! Il va chez elle presque tous les

soirs à la nuit tombante, sous un grand
parapluie, pour peu que le ciel soit
couvert.

— Oh ! comment savez-vous cela,
Annie ?

— Par Mme Hill, une voisine d'Osborne villa; sans vous rien dire, je
m'informais depuis quelques jours. Il
nous faudra retourner à l'église anglicane où nous aurions bien dû rester !

Le trio fondit comme une averse sur
l'hypocrisie de James et sur la lâcheté
de cœur des Françaises : Ah ! les tristes
créatures, et comme toute la ville allait grêler dès demain là-dessus !

Pendant ce temps, à la même heure,
on desservait le thé chez Mme Levernot, et James prenait congé de meil-

leure heure, le visage très aimable;
il sortit après avoir échangé un regard
d'intelligence avec Effie.

Celle-ci suivit aussitôt Rachel, qui,
pour l'accompagner, allait mettre son
chapeau, et lui dit, tout émue :

— Ma chère, il faut que je vous ap-
prenne quelque chose... j'ai eu peut-
être tort d'accepter... Ah! mon amie!...

Alors elle conta qu'elle venait d'ac-
corder un rendez-vous à James pour le
lendemain matin, dix heures, à Elstow;
pendant une minute où ils étaient res-
tés seuls au salon, il lui avait dit tout
à coup avec force, qu'il ne pouvait se
tenir plus longtemps de lui parler en
particulier de quelque chose de grave,
loin des oreilles toujours dressées à

leur côté ; sur ces mots il lui prenait
les mains avec un tendre commande-
ment. — Sans réflexion, toute subju-
guée et touchée, j'ai répondu que j'allais demain à neuf heures commander
de la dentelle chez ma nourrice, à
Elstow. — Bon, à dix heures, je serai à
Elstow, chez votre nourrice, est-ce entendu? est-ce promis, Effie? — Oui...
Il est sorti cinq minutes après, sans
doute de peur de contre-ordre. Ah!
chère Rachel, ai-je bien fait, et dois-je
demain tenir mon engagement?

Elle se mit à pleurer.

— Ma chérie, répondit Rachel toute
riante, en lui essuyant les yeux, on ne
doit pleurer que si on manque à sa parole ; et quel mal pourrait-il y avoir

à celle que vous venez de donner?

Elle savait bien quel sentiment composé d'amour, de pudeur — et de crainte
d'avoir à révéler le secret de sa mère
agitait en ce moment la petite Effie.
Mais il fallait pourtant achever les
choses entreprises ! Depuis la promenade sur l'eau et l'apparition de l'homme
de la rive, elle voyait James Barker
s'enflammer de plus en plus sur la
question de ce mystérieux étranger
dont il lui parlait souvent à elle, et
d'un air qui, malgré la tenue, transpi-
rait la souffrance.

Cependant, ce gros amour-propre
ne s'était pas flatté d'avoir vu entrer l'homme dans la maison Perkins.

— Donc, chère Rachel, vous pensez que je n'ai pas mal fait de donner ce rendez-vous ?

— Assurément non. Ne serez-vous pas chez votre nourrice, et en plein jour, à dix heures du matin ?

— Oui.

— Donc rien de mieux ; il vous fera une déclaration. Car enfin, que serait la chose grave qu'il veut vous apprendre ?

— Ah ! ma chérie, ne me mettez pas un tel rêve en tête !

— Votre mère va mieux, vous êtes libre de votre personne. Ne craignez donc pas l'entrevue, ma douce Effie.

XI

Dès huit heures du matin, Mlle Levernot sonnait à la porte de Bell Johnson, qui, dans quatre jours, allait s'appeler Bell Wardle.

La fine petite brune sauta de joie au discours qu'on lui tint.

— Ah! ma chère Rachel, lui dit-elle en l'embrassant, vous êtes plus forte que moi! et si chacune de nous traitait à votre façon les méchants garçons qui lui tombent sous la main, le monde serait aussitôt purgé, régénéré !·

Vivement elle s'assit à son bureau, et écrivit ce billet que la bonne porta au révérend Wesley Wardle :

« Venez immédiatement, cher, en m'amenant M. Th. Night. »

Au bout de dix minutes, les deux « divins » arrivaient à l'appel :

— Nous devions aller demain nous promener au pays du sublime chaudronnier John Bunyan...

— Oui, Bell.

— Eh bien ! nous y allons ce matin ; le temps est si beau qu'il donne à trembler pour ce soir et encore plus pour demain. Mlle Levernot nous accompagnera à Elstow. Nous partons immé-

14

diatement après le déjeuner. Mary! le
breakfast!

Les deux hommes n'en demandèrent
pas plus long, une promenade préma-
turée avec deux aimables personnes
n'étant pas faite pour déplaire à qui
que ce soit.

Toute la famille Johnson à table, le
révérend Th. Night, qui ne songeait
jamais qu'après coup au dessous des
cartes, dit les grâces en toute sérénité.
On mangea et on partit pour Elstow.

Un joli chemin vert y mène en belle
plaine. Après une demi-heure de marche, on arriva sans mauvaise rencontre
dans l'église d'Elstow, une église ro-
mane fort ordinaire, mais pleine de
souvenirs du grand chaudronnier qui

écrivit la brûlante et fantastique allé-
gorie du *Pilgrim's progress.*

Là, tour à tour, les révérends Thomas Night et Wesley Wardle apprirent
cordialement à Rachel la vie, les pré-
dications du saint homme, pendant que
Bell, qui semblait mesurer soigneusement la longueur de l'édifice, allait et
venait d'un bout à l'autre jusqu'à la
porte, par où, soigneusement aussi,
elle regardait une maison voisine et la
campagne.

Le jardin de cette maison était en
contre-bas du petit cimetière qui entou-
rait l'église.

Bell, ainsi aux aguets, vit d'abord
dans ce jardin, assise devant la porte,
une vieille femme qui, son coussin à

dentelle sur les genoux, faisait voltiger
les bobines ornées de perles claires,
sans s'arrêter autrement que pour pi-
quer de temps en temps une épingle
dans les petits trous du parchemin. Puis
Effie parut, et après avoir embrassé la
dentelière, se baissa un moment sur le
travail, le regarda ; celle-ci déposa son
coussin sur la chaise, et toutes deux
s'approchèrent en causant.

A travers le petit cimetière, leurs paroles s'entendaient assez distinctement :
Effie achetait de la dentelle. La vieille
quitta ensuite le jardin, où la jeune
fille continua à se promener, l'air
anxieux, un assez long moment, au bout
duquel la forme élégante du joli James
se montra et la rejoignit.

Ils se donnèrent la main. Sur quoi, Bell, courant à l'église, invita sa compagnie à venir au cimetière.

— La vue sur l'horizon y est des plus intéressantes, dit-elle.

Elle prit le bras de Wesley Wardle et lui parla à l'oreille pendant que Rachel en faisait autant au révérend Th. Night, dont la bonne grosse face parut très étonnée.

On s'avança en silence vers le mur qui terminait le cimetière. Et de là, comme d'une loge, on vit, on entendit.

James Barker, très pressant et tout en marchant vers la loge, disait :

— Mais, Effie, votre silence sur cet homme est votre condamnation ! Voyons, vous. l'aimez?

— Non, James, non.

— Il vous aime? Il est votre fiancé?

— Non! oh non!

— A qui contez-vous cela? Un homme que vous recevez à l'exclusion de tout autre! car à moi-même, votre ami d'enfance, les continuelles indispositions de votre mère défendent votre porte. Pourquoi donc le recevez-vous, lui? Est-ce à cause de ses grands pieds et de son nez? il les a démesurés... Allons, Effie, un peu de sincérité! Vous êtes si jolie, ce matin! Plus fraîche, plus gracieuse que ce beau lis. Un si pur visage peut-il donc se charger de cacher l'hypocrisie la plus profonde, la plus abominable?

— Oh! James! oh! quelles paroles!

— Ne m'avez-vous pas menti, sur la
rivière, quand je vis cet homme pour
la première fois ?

— Ah !

— Et l'émotion, la pureté de ces yeux
dont vous me regardez aident aussi
à la trahison ; détournez-les ! on les
dirait pleins de tendresse ; et ce n'est
pas moi que vous aimez... Voyons, ce
n'est pas moi ?

— Oh ! James, comme voilà le ciel
sur nos têtes, c'est vous, vous seul, et
depuis notre première jeunesse.

Non, James ni personne ne pouvait
se tromper à l'accent dont ces paroles
furent dites.

Il y eut un moment de silence. Rachel
et Bell se penchèrent un peu au-dessus

du mur et virent la joie et la surprise
batailler sur le visage de James Barker.
La joie l'emporta, une joie de triomphe.

Brusquement Bell tira par la manche
les deux hommes, qui se penchèrent
aussi.

James embrassait Effie.

—Ah! James, dit celle-ci avec un
sourire céleste, vous m'aimez!

Il l'embrassa de nouveau :

— Ma petite Effie, ma petite Effie,
vous êtes adorable!

— James, mon amour!... — Elle
recula d'un demi-pas : — Mais... ma
mère malade... je vous dirai cela, vous
saurez tout; un secret à garder... Il
est vrai qu'elle va mieux, ma pauvre
maman, oui, beaucoup mieux... et

alors, James, nous pourrons nous marier !

— C'est cela, dit-il, voilà une belle parole !

Des applaudissements éclatèrent au-dessus de lui comme il allait reprendre la jeune fille dans ses bras.

Il s'arrêta net.

Du haut du mur, les deux révérends Wesley Wardle et Thomas Night battaient des mains, en criant :

— *Hear ! hear !*

— Presque aussitôt, Rachel et Bell entraient en courant dans le jardin de la dentelière :

— Ah ! quel plaisir ! vous voilà fiancés ; bravo, bravo, M. James !

Elles embrassèrent Effie, charmée,

quoiqu'un peu surprise, et qui n'eut pas
le temps de voir la lamentable figure
que prit James à tout cet inattendu ;
mais il se remit immédiatement.

La face épanouie, les bras ouverts,
le révérend Th. Night s'avança à son
tour, en compagnie de l'autre divin,
l'air chargé aussi de félicitations :

— Il avait promis devant moi de
penser à une fille de notre peuple ; il a
été fidèle à sa promesse ! « Tu te tien-
dras ferme dans tes desseins. »

— « Car tu es enlacé par les paroles
de ta bouche », ajouta Wardle, toujours
à la question.

Et ils serrèrent vigoureusement les
mains du patient.

Rachel le vit jeter du côté d'Effie,

en ce moment occupée par Bell, un
regard rapide, mais qui criait : Vous
avez dressé ce guet-apens!

— C'est moi la coupable, monsieur
James, lui dit-elle tout bas, en le
le menant à distance. Très innocem-
ment, Effie m'a appris votre rendez-
vous de ce matin, et je n'ai pas voulu
retourner en France sans vous voir
marier à la plus sincère, à la plus
tendre, à la plus jolie, à la plus aveugle
de mes amies, quoique vous ayez à
peine mérité d'épouser sa maman. Mais
Bell et moi ne sommes pas méchantes.
Seulement, monsieur, comme le premier
devoir d'un homme est de prendre
femme au plus tôt, et que vous ne vouliez pas encore du mariage, tout en

vous jouant des plus honnêtes filles,
vous voilà pris, et c'est bien fait !
Quant à l'étranger de la rive, si votre
fiancée ne vous a pas encore révélé ce
qu'il est, elle vous le dira.

— Et s'il vous plaît, qu'est-ce qu'il
est? demanda James brusquement.

Rachel regarda autour d'elle, puis :

— C'est un ancien ivrogne... oui, un
ivrogne miraculeusement transformé en
médecin *teetotaller* qui est venu secrè-
tement guérir Mme Perkins d'un malheureux penchant au flacon ; une cure
merveilleuse! il va retourner chez lui
à Nottingham. Il traite ses malades
comme il s'est traité lui-même, dit-il,
par le charme fascinateur de l'eau
fraîche. L'appartement de mistress

Perkins est maintenant un véritable
aquarium ; vous verrez toutes ces
fraîcheurs, et vous abandonnerez peut-
être le pale ale. Contre les derniers
appels du gin, quand ils se font entendre,
l'apôtre-médecin se donne encore partout, tant qu'il peut, des spectacles
aquatiques, et c'est pourquoi il se
promenait l'autre soir le long de la
rivière. Je savais qu'il y devait aller,
et je vous ai demandé de nous y me-
ner.

Bell vint achever le pauvre diable
par la plus gracieuse moquerie sur sa
délicatesse à cacher si longtemps le
tendre sentiment qu'il avait depuis son
jeune âge pour Effie Perkins :

Et nous qui avons presque flirté avec

votre belle âme, monsieur Barker!

Très penaud, James parvint à se dominer et à répondre par des grimaces de politesse.

On revint de compagnie à la ville. Pendant la route, il se détendit tout à fait, fut charmant, se montra même tendre pour Effie.

— Ah! ma chère, dit Rachel à Bell, il est si maître de lui que j'ai peur qu'il ne se tire de là!

— Il ne le peut; il a embrassé! nous l'avons vu; il a parlé! nous l'avons entendu; il y aurait *breach of promise* et procès; la ville, l'Angleterre se lèveraient contre lui.

Une heure après, tout le méthodisme de B... s'agitait sur l'étonnante nouvelle des fiançailles de l'unique James avec Effie Perkins :

Que signifiait donc cela ? Et comment la Française avait-elle été ainsi châtiée ?

D'abord les misses n'y comprirent absolument rien. Quand la lumière se fit et qu'il fallut applaudir au choix de la fille de leur peuple, ce fut sans enthousiasme.

La pâle Annie Wood fit remarquer que le fiancé n'était pas un joli cadeau à faire, même à une aussi insignifiante personne qu'Effie.

Rachel, qui se trouvait chez Bell Johnson juste au moment où s'y tenait le propos, répondit que le visage d'Effie était assez beau, son cœur assez doux et

fort pour convertir à la gravité la légèreté en personne, et que le coquet
serait noyé, anéanti dans le mariage.

— Et, ajouta Bell, il fera un mari,
comme tous les Anglais. Après tout, il
n'est pas si méchant, ce n'est qu'un
flirteur, et, Dieu merci, chez nous ces
messieurs ne flirtent plus, une fois
mariés. Puis Effie l'aime.

Mais le plus gros étonnement fut
celui de Mme Levernot, qui jusque-là
n'avait eu que de vagues inquiétudes
sur les fréquentes visites de miss Perkins. Elle demeura consternée devant la
longue et étrange politique par laquelle
sa nièce venait de tourner le dos à un
beau mariage et à la chapelle de John
Wesley ; elle se désola, se fâcha contre

Rachel en lui faisant toucher du doigt sur le texte sacré tout le criminel de la vengeance.

Un rapide moment d'espoir traversa cependant cette peine :

Mme Barker mère, revenue de la campagne, le jour même de l'aventure, parut immédiatement à un thé chez les Wood, et, devant les félicitations de quelques personnes, prit l'air le plus tranquillement hautain d'une femme qui, plus énergiquement que jamais, pensait pour monsieur son fils à une lady digne de lui, et répondit :

— Je ne sais ce que vous voulez me dire ; James n'est pas du tout fiancé !

La déclaration fut suivie d'un si long

15

murmure de conversations que le thé
en refroidit dans les tasses.

Aussitôt prévenus, les révérends
Thomas Night et Wesley Wardle cou-
rurent chez l'attorney au bureau de
James.

Bravement, James, qui n'était pas
tout à fait bête, et avait peur de com-
promettre par un procès ses ambitieuses
visées, répondit qu'il aimait Effie, et,
aussitôt le bureau fermé, alla d'un pas
ferme chez Mme Perkins.

Celle-ci, la face désenflée, l'air à la
fois victorieux et attendri, circulait
dans son salon, au milieu d'une collection de baquets, d'où s'élançaient des
iris, des roseaux, du cresson. Des ca-
rafes, des flacons de toute forme, des

bocaux à poissons, à branches de co-
rail pétillaient, étincelaient ; de vertes
rainettes grimpaient à l'échelle, en des-
cendaient gentiment ; sur la cheminée,
chuchotait une petite cascade en blancs
coquillages ; aux rayons du soleil, le
liquide avait des reflets d'arc-en-ciel ;
Mme Perkins contemplait le spectacle
avec une mystique fixité de regards.

— James Barker, lui dit-elle dévo-
tement, en confidence, il est bon, très
bon à vous de devenir mon gendre,
mais il vous serait meilleur encore de
devenir teetotaller. Au teetotaller seul
appartient de goûter ces splendides
puretés, — elle montrait les vases ; —
au teetotaller seul les rafraîchissements
de l'âme altérée ! « Il boira de l'eau dans

sa course, c'est pourquoi il redressera
la tête ! »

Elie redressait la sienne; James lui
pressa silencieusement les mains.

Il ne traîna pas du tout pour se marier, malgré sa mère.

XII

Rien n'est changé à Osborne villa, pas même la place du moindre meuble. La fenêtre entr'ouverte laisse entrer les parfums de la large clématite qui pousse sur le mur ; de temps en temps un chant d'oiseau, un bruissement de feuilles troublent seuls le silence du matin dominical.

Sur le confortable canapé vert, Rachel, un beau bébé endormi sur les

genoux, est assise, un peu inclinée
vers un jeune homme brun comme
elle. Il a la physionomie ouverte, in-
telligente. Ils causent à voix basse.

En face d'eux, dans son grand fauteuil, Mme Levernot dort, les mains
sur le Livre saint, toute blanche sous
son bandeau blanc, mais plus rebondie
encore qu'il y a quatre ans.

Un ronflement, qui peu à peu s'ac-
croît, domine le chant de l'oiseau et
des feuilles, si bien que Mme Hill, la
voisine, si elle ne ronfle pas aussi,
sera scandalisée.

Soudain, dig, ding, don! Saint-
Cuthbert, Saint-Peter, Trinity caril-
lonnent. Boum! boum! boum! tonne
Saint-Paul.

Mme Levernot tressaute, ouvre les yeux tout grands d'une personne qui n'a pas cessé une minute d'être à la conversation :

— Allons, mon neveu, c'est l'heure de la chapelle !

— Oui, ma tante.

L'enfant s'est éveillé aussi ; on le coiffe, on l'ajuste, il pleure, il rit et la famille part.

Avec cet attendrissement qu'on ressent à revivre un jour de son passé quand le présent est bon, Rachel, au bras de son mari, passe le seuil de la chapelle, s'assied dans le banc de Mme Levernot, le petit Jacques à côté.

Auprès de son neveu la tante est tout épanouie ; elle se dit que les voies du Seigneur sont merveilleuses et qu'évidemment il n'a reculé de quelques années la conversion de Rachel que pour faire entrer au bercail méthodiste trois brebis à la fois.

Du fond d'un frais chapeau d'aubépine, les yeux curieux de la jeune femme ne quittent pas la porte ; car cette fois on est arrivé de bonne heure.

Voici Sarah et Winnie Gardner, à peu près parcheminées avec ce restant de jeunesse des vieilles filles qui se trahit par des vêtements trop voyants, des jupes trop courtes et des allures de pensionnaire de quinze ans. Le cœur de Rachel, que le bonheur rend pitoyable, s'émeut de compassion ; elle frôle avec reconnaissance la main de son mari qui promène sur les murs, nus et repeints à neuf, des regards désenchantés, car il est un peu artiste, quoique négociant.

Suivent Kate Winters, les misses Crawford, les cinq petites misses Jones, devenues grandes demoiselles, et beaucoup d'autres des onze mille vierges de B...

Et Priscilla ? Et Annie Wood ? La première cultive à la Nouvelle-Zélande le phormium tenax en compagnie d'un vieux cousin qui lui a apporté son ancien veuvage et six enfants ; mais la pauvre Annie Wood dort, hélas ! depuis deux ans sous l'herbe du cimetière.

Et voici tout un défilé d'enfants
d'Edouard à boucles blondes, cheveux
rabattus sur le front, quatre garçons
dont le dernier a deux ans au plus,
comme le petit Jacques. Derrière, la
mère ; elle les fait asseoir, s'asseoit
elle-même, puis ses yeux rencontrent
ceux de Rachel, qui attendent depuis
longtemps.

Alors ils se sourient à travers un
léger voile de larmes ; ils regardent les
enfants. Car Rachel, arrivée de la
veille au soir, n'a pas encore vu sa
chère Effie.

Effie a un peu engraissé ; son tendre
visage a quitté le crêpe de sa vieille
mélancolie ; il a maintenant la fraîche
jeunesse de son âme et l'épanouisse-

ment de cette richesse du cœur qui donne sans compter.

Mme Perkins, qui suit, entre dans la loge d'à côté avec ses trois autres enfants grandis, les petites sœurs au tricot et le petit frère à la crécelle. Son gendre, M. l'attorney James Barker, se place en même temps auprès de sa femme. Il a également engraissé; il porte toute sa barbe, une longue redingote, sans fleur à la boutonnière; il est très grave et ne se déride pas quand Effie lui apprend la présence de Rachel.

Rachel, qui a meilleure mémoire, se penche à l'oreille de son mari et lui dit :

— Voilà mon premier amour... cet homme austère !

Mme Perkins, le teint frais reposé, les yeux, les mains agiles, prépare pendant ce temps-là les livres de cantiques.

Le pasteur monte en chaire. Et c'est le blond et beau « divin » Wesley Wardle qui a remplacé le brave Thomas Night, actuellement dans le Yorkshire, à Hull. En même temps que lui a paru la petite et fine brune Bell avec deux enfants, deux fillettes brunes et éveillées comme elle.

Bell et Rachel se saluent de loin, et les *Ranters* entonnent avec fracas le « O venez ! chantons au Seigneur ! » C'est le bruit de la tempête. Après quoi M. Wardle, de sa voix vibrante, avec une forte sensibilité, développe ce texte : « Nous nous fanons comme la feuille. »

L'office achevé, les trois amies se rejoignent, sous le porche, se pressent les mains ; on embrasse les enfants. Rachel salue les vieilles connaissances, leur présente son mari, un Normand, vainqueur de l'Angleterre. Et Mme Levernot entraîne tous les Wardle, tous les Barker chez elle : ils partageront son roastbeef froid et ses pommes de terre chaudes.

A table, on se réjouit des choses accomplies. Rachel et Bell, qui ont entre elles l'attorney, lui tirent l'aveu, chacune de son côté, qu'elles ont fait son salut, qu'il aime sa femme, et qu'il est heureux. Il confesse aussi qu'il aspire au Parlement, et, à ce mot, son visage devient joli et séduisant comme jadis.

— Le voilà! le voilà! dit Rachel; il va maintenant flirter avec les électeurs.

James se contente de sourire de haut à cette plaisanterie.

Effie est toute aux enfants assis à une seconde table, mais c'est Mme Perkins qui est leur échanson et les petits Barker, comme ses propres enfants, ne boivent que de l'eau.

— Effie, ma chère, dit-elle après le repas, d'une voix qui n'est plus rauque, faites-leur donc chanter cet admirable chœur publié dans le *Teetotaller Recorder*.

— Mais ce n'est pas de la musique

sacrée! intervient James, toujours bon méthodiste, ce n'est pas un chant du dimanche!

— Il n'y en a pas de plus sacré! répond ardemment Mme Perkins; allons, mes doux chéris!

Et elle-même s'installe au piano, donne la note; deux des petits qui connaissent le mieux l'exercice, entonnent de leurs voix flûtées :

> Vive l'eau ! vive l'eau !
> Qui rafraîchit et rend propre.
> Vive l'eau ! vive l'eau !
> Qui me lave et me fait beau !

Les autres enfants s'en mêlent; Mme Perkins aussi, en soprano aigu. C'est une violation du Sabbat et assez grosse; mais le pasteur est là pour en endosser la responsabilité; Mme Levernot laisse faire, les voisins peuvent prêter l'oreille si le cœur leur en dit.

FIN

ÉMILE COLIN, IMPRIMERIE DE LAGNY (S.-&.-M.)

AVIS DE L'ÉDITEUR

Le but de la collection des *Auteurs célèbres*, à **60** centimes le volume, est de mettre entre toutes les mains de bonnes éditions des meilleurs écrivains modernes et contemporains.

Sous un format commode et pouvant en même temps tenir une belle place dans toute bibliothèque, il paraît chaque quinzaine un volume.

CHAQUE OUVRAGE EST COMPLET EN UN VOLUME

Imprimerie LAHURE, rue de Fleurus, 9, à Paris

www.ingramcontent.com/pod-product-compliance
Lightning Source LLC
Chambersburg PA
CBHW061430030726
47503CB00005B/1360